文春文庫

朝比奈凜之助捕物暦

美しい女房

千野隆司

文藝春秋

目次

朝比奈凜之助捕物暦

美しい女房

前章　鴛鴦の笑顔

一

　六月も半ばの十五日、南町奉行所定町廻り同心の朝比奈凜之助は、日本橋界隈の表通りを歩いていた。昼四つ（午前十時頃）あたり、日は高く昇っている。

　炎天のもと、藍染の日除け暖簾が眩しい光を跳ね返していた。小僧が道に水をまくが、すぐに乾いてしまう。道行く人は、日陰を選んで歩いていた。彼方に目をやると、お城の櫓が、陽炎のせいで揺れて見えた。

「変わったことはないな」

　木戸番の初老の番人に問いかけた。暑かろうが寒かろうが、町廻りは欠かせない役目だ。江戸の町は、人殺しや放火などの大きな事件もあるが、小さな事件や事故は毎日のようにどこかで起こっている。

「ありません」

返答を聞くと、そのまま歩みを続けた。

空には、入道雲がでんと居すわっている。あちらこちらから、途切れることなく蟬の音が降ってきていた。

凜之助は額や首筋に湧き出る汗を、手拭いで擦った。すっかり濡れていて、井戸があると水を汲んで濯ぎ絞った。

首筋に当てると、ひんやりして一瞬暑さを忘れる。

次の町に入る。材木を積んだ荷車が、土埃を上げて通り過ぎた。そのときだ。

「わあっ」

という女の叫び声を聞いた。続けて何か言っているが、聞き取れない。怒っているのだけは分かった。

投げられた茶碗か皿かが、何かにぶつかって割れる音が響いた。荒物を商う、間口二間半（約四・五メートル）の小店の中だった。

「ま、待ってくれ。お、おれが悪かった」

切迫した男の声が聞こえた。そして壁に体がぶつかったのか、どしんと音がして、古い建物が震えた。

「店の品を壊すな。売り物だ」

とも叫んでいた。

裸足のままの男が、通りに飛び出してきた。

三十歳くらいの男で、髷が崩れて着物が乱れている。夏羽織の紐が、千切れていた。頬には新しい擦り傷があった。血が滲んでいる。

そして次に飛び出してきたのが、二十代半ばくらいの肥えた女だった。こちらも素足だ。

背丈は同じくらいだが、横幅がまるで違った。腕も男よりも一回り以上太い。しかも右手には、菜切り庖丁が握られていた。怒りで、両目がつり上がっている。

通行人たちが立ち止まり、固唾を呑んで成り行きに目を向けている。

「わっ」

突然のことで、声を上げた者もいた。

「お、お助けを」

男は凜之助の後ろに回り込み、盾にして声を上げた。半べそで、凜之助の黒羽織を握った手には、力がこもっていた。

男の名は太吉(たきち)で、女はその女房でおよしといった。二人とも働き者で、どちらも普段は愛想がよかった。小店ながら品ぞろえも豊富で、繁盛している店だった。

ただ一点困るのは、太吉には岡場所通いという悪癖があった。二、三か月前にも、同じようなことがあった。

今回も、朝帰りをしたものと察せられた。

「ゆ、許してくれ。二度としないから」

「何が二度とだ。もう何回目だと、思っているんだい」

張りのある声だ。かねがね文句を言っていたが、太吉は懲(こ)りない。堪忍袋の緒を切らしたおよしは、菜切り庖丁を持ち出した。

凜之助の前で、仁王(におう)のような形相で菜切り庖丁を振り上げた。大柄だから、なおさら大きく見える。そうとう逆上をしていた。

「厄介なことに関わってしまったぞ」

胸の内で呟(つぶや)いた。犬も食わない喧嘩に、関わるつもりはなかった。しかしこうなると、知らぬふりはできなかった。

菜切り庖丁が、日差しを跳ね返している。

「まあ、待て。落ち着け」

凛之助は告げたが、それで治まる相手ではなかった。菜切り庖丁を振り下ろしてきた。

「危ない、危ない」

一撃を避けてからその手首を握り、菜切り庖丁を取り上げようとした。女房は抗(あらが)ったが、凛之助は取り上げた。

「わあっ」

およしはそれで、地べたに泣き崩れた。目から大粒の涙が溢れ出ている。厚くて幅広の肩を震わせて泣いていた。赤子のような泣き方だった。

「うう」

こうなると、手に負えない。女を泣かせてしまった。自分が、酷いことをしてしまったように感じた。

どうしたものかと思案していると、背後にいた太吉が前に出て、およしの肩に手を載せるようにして屈(かが)んだ。

「済まないことをした。勘弁してくれ」

「いやだよ」

と泣きじゃくる。

そこへ向かいの仏具屋の婆さんが出て来て、およしに声をかけた。

「あんたの言う通りだよ。酷いことをするじゃないか。一度や二度じゃないんだから」

「まったくだ」

情けない声で答えた太吉は、頷いている。

「とにかく、店に戻ろうじゃないか」

婆さんは、およしを立たせた。三人は、店に入っていった。

「ふう」

凜之助はため息を吐いた。これは定町廻り同心の仕事ではないと感じている。

「あの夫婦は、前にもあんなことがあった。でも次の日には、何事もなかったような顔で、冗談を言って話をしていましたよ」

隣の仏具屋の主人が言った。

「そういえばそうだな」

町廻りをしているが、荒物屋の夫婦が不仲だとは感じなかった。およしは腹が立つとすぐに声を上げ、手も出る質らしいが、激情が過ぎればさらっとしている。太吉も言い訳はしないで、ただ謝っていた。

凜之助は、町廻りを続ける。歩きながら、今目にした場面を振り返った。およしが菜切り庖丁を持ち出したのは、もちろん怒りがあったからだが、根には嫉妬があった。それを隠さなかったという話だ。

「夫婦といっても、いろいろあるな」

と凜之助は考えた。そして頭に浮かんだのは、父松之助（まつのすけ）と母文ゑ（ふみ）のことだった。

両親は、表立って喧嘩をすることはないが、仲がいいとは感じない。感情をぶつけ合うことが、一切なかった。松之助の方が引くからか、文ゑの方が相手にしないからか、それは分からない。

松之助は、かつては切れ者の定町廻り同心だったが、家のことには一切顧みることなく過ごしていた。そして商家から嫁に入った文ゑは、武家育ちの姑（しゅうとめ）朋（とも）とは、相容れない性格だった。

凜之助は幼いときから、文ゑと朋が歓談をしている姿を目にしたことがなかった。小さな悶着（もんちゃく）が積み重なって、不仲となったが、松之助はそれには一切関わらなかった。その結果、文ゑからも朋からも相手にされなくなった。

いない者として扱われるようになったのである。松之助も、逆らわない。逆らえば、何もしなかったこれまでを責められる。

朝比奈家は、女の方が力が強かった。

文ゑは、裁縫を町娘に教えている。朋は武家娘に書の指導をしていた。一日おきに、それぞれの弟子がやって来て稽古をした。

賑やかな娘の声が、朝比奈家では響く。

文ゑは弟子のお麓という日比谷町の質屋三河屋の娘を、朋は小石川養生所詰め同心の娘で網原三雪という者を、凜之助と娶わせたいと考えている。折につけ薦められた。性質は違うが、どちらもよい娘だった。

ただ躊躇うのは、まだ祝言など早いという気持ちが大きいが、それぱかりではなかった。女ばかりが幅を利かせる朝比奈家で、三羽目の牝鶏が入る余地はあるのかということもあった。

二羽の牝鶏は、一つの家には住めない、と凜之助は感じていた。

隠居をした松之助は、鳥籠造りにいそしんでいた。細かい手仕事だが名人級の腕で、意匠を凝らした出来栄えとなる。鳥籠造りで金を稼いでいた。

日本橋本銀町へやって来た。この界隈は、大店老舗が櫛比している。その中でも目につくのが、薪炭商いの榛沢屋であった。

「いらっしゃいませ」

手代や小僧たちの活気のある声が、耳に飛び込んできた。

いつも客の出入りが多くて、繁盛していた。店には、薪や炭が山積みされている。

店の前には、主人の羽左衛門と女房のお多代、娘のお由がいた。親戚を送り出したところらしい。後姿を見送っていた。

そして凜之助に気が付いた。

「これはこれは、朝比奈様」

羽左衛門が、丁寧に頭を下げた。この界隈は凜之助の町廻り区域内だから顔見知りである。お多代とお由が、それに倣った。お多代は飛び切りの美人で、すでに三十九歳のはずだが、通り過ぎる人が振り返るほどだった。家付き娘で、羽左衛門は婿である。

「器量よしというだけじゃない。愛想がよくて、いつもご亭主に優しい言葉をかけている。あんな女房がいたら、誰だって商いに励みますよ」

近所の者は噂した。婿に入った羽左衛門は、引き継いだ店を大きくした。大名家の御用達にもなった。それで店の格が上がり、新たな客がついた。

「お役目、お疲れ様でございます」

「まことに。お暑い中、お手間なことで」

だ。

「お陰様で、心置きなく商いに励めます」

お愛想も、夫婦の口から自然に出てくる。阿吽(あうん)の呼吸といったところで、いつも夫婦仲はよさそうに見えた。誰もが羨むような仲良しで、鴛鴦(おしどり)夫婦というのが近所の噂だ。

「夫婦は、こうでなくてはなるまいな」

凜之助は呟いた。

「またいつも、お由がお世話になっております」

お多代が、満面の笑みを浮かべて凜之助に言った。お由は朝比奈家に、裁縫を習いに来ていた。お由も、凜之助に笑顔を向けた。

「すっかり腕を上げたようで」

「本当に、ありがたいことですねえ」

羽左衛門の言葉に、お多代は笑顔を向けて続けた。羽左衛門は、わずかに困惑気味の表情になって頷いた。

二

朝、凜之助は町奉行所へ出る前に、仏間で両手を合わせる。祖先と兄鉄之助の位牌に手を合わせた。

兄鉄之助は、朝比奈家の家督を継いで見習い同心として南町奉行所に出仕していた。そこで将軍家ゆかりの無量山伝通院寿経寺の本堂改築のための材木納入に関する不正の探索に関わって、命を失った。そこで次男だった凜之助が家督を継いで、南町奉行所に出仕した。

その探索については、父の松之助は隠居をしてからも密かに当たっていたが、解決してからは鳥籠造りに没頭しているように見えた。鉄之助を失ったことは心残りではあるにしても、気持ちを切り替えたと見ていた。

それから凜之助は、父松之助の部屋へ行って挨拶をする。今朝も松之助は、鳥籠造りに精を出していた。

まだ中途だが、見事な出来栄えだった。籤はすべて一本の竹を自ら小刀で割って削り、自らの手で拵えた。

「うむ」

挨拶をしても、返事はいつもそれだけだ。それから祖母朋に挨拶する。朋の部屋は、整頓され、塵一つ落ちていない。

「しっかりと、お務めなされよ」

七十歳を過ぎていても、ぴんと胸を張ってものを言う。白髪は櫛が通っていて、きっちりと整えられていた。

　母の文ゑは富裕な商家の出で、朋と比べるとだいぶがさつな印象は否めなかった。祖父母が生きていたときは、朝比奈家は文ゑの実家から資金の援助を得た。定町廻り同心の家は、付け届けなどがあって豊かだが、朝比奈家では祖父母が病に罹って治療費に追われていた。

　文ゑは、十七歳になる女中の妙と五十五歳の下男作造を使って家事を担っているが、朋の食事と部屋の掃除には関わらない。悶着のもとになるからだ。朋も求めなかった。

　先月朋は、心の臓の発作で寝込むことになった。文ゑは熱心に看病をし、二人の仲は良好になったかに見えたが、それは一時的なものでしかなかった。

「二羽の牝鶏は、一つの家に住めないのか」

　凛之助は、もう何度も呟いている。

　文ゑは台所にいたので、凛之助は挨拶をしようと近づいたが、その前に腕を引かれた。挨拶よりも大事なことらしい。外の井戸端へ連れて行かれた。

「どうも、腑に落ちないことがあります」

「はあ」

真剣で、どこか不安気な顔が珍しかった。何を言い出すのかと次の言葉を待った。

「松之助殿は、ここのところ三日か四日に一度、外に飲みに行きます」

「そういえば」

暮れ六つ（午後六時頃）に屋敷を出て、一刻（約二時間）ほどで帰ってくる。ときにはもう少し長いこともあった。

「近頃、多くなった気がします」

前から夜になって、外へ飲みに行くことはあった。凜之助も、馳走になったことがある。鳥籠の実入りがあるので、懐は豊からしかった。

他に道楽はないのだから、それくらい良いのではないかと思ったが、母の表情は固かった。案じている気配だった。

「何かありましたか」

そういう文ゑの表情は見かけないので、一応訊いてみた。

「あの人の袂に、白粉がついていました」

思い詰めたように口にした。俯き加減のままでだ。

「ほう」

耳にした直後は、だから何だと思ったが、文ゑの真剣な眼差しを見てどきりとした。案じていることの中身を察したからだ。

「まさか父上に限って」

と言ってみたが、根拠があるわけではなかった。文ゑは、注意して松之助の動きや変化に気を配っていたのだろう。

「今日あたり、出ていきそうです」

つけてほしいと、目が言っていた。

「どこへ行くのか」

と自分で訊けばいいと思うが、文ゑはできないようだ。意地か矜持かは分からない。文ゑは父が何をしていようと、まったく気にしないのではないかと思っていた。しかしそうではないらしいことに驚いた。

問いかけることができない点についても、意外だった。

「分かりました」

断れる気配ではないので、承知した。

暮れ六つ前に町奉行所から戻った凜之助は、父の様子を窺った。すると松之助は、暮れ六つの鐘が鳴るとすぐに外出をした。黒羽織を脱いだ凜之助は、その後をつけた。提灯を手に、のんびり歩いて行く。

行った先は八丁堀幸町の花見鳥という小料理屋だった。凜之助の町廻り区域ではなかったので、前を通り過ぎることはあっても、気に留めることはなかった。

格子戸になっていて、入口の脇には枝ぶりのいい松の木がある。安い店ではなさそうだとは、凜之助にも見当がついた。

日が落ちて暗くなっても、昼間の暑さはまだ残っている。だから格子戸は開いたままになっていて、中の様子が窺えた。

それなりの客が入っていて、談笑をしていた。

凜之助は木戸番小屋へ行って、番人に問いかけた。

「そこの花見鳥という店は、繁盛しているようだな」

「ええ、常連さんが集まるようです」

近隣の商家の主人や職人の親方がやって来るらしい。懐にゆとりのある隠居の侍もだ。

「よほど酒や料理がうまいのだな」

「それもありますがね、おかみのお初さんが別嬪で、愛想もよくて」

なるほど、そういうことかと思った。お初は三十八歳で、四年前に亭主を亡くした。縞吉という叔父が板前をして、愛らしい表情の十七歳の娘と店の切り盛りをしていた。

凜之助はしばらく店の様子を窺う。じっとしていると蚊が寄って来るので、何度も手で払った。それでもずいぶん刺された。

四半刻（約三十分）ほどして、客が出てきた。見送りに出て来たのは、三十代半ばといった歳に見える女だった。榛沢屋のお多代のような整った美形ではないが、明るさと親しみがあって、凜之助にはこれもきれいな女だと感じた。

やり取りで、どうやらおかみだと知った。

「お初さん」

と呼ぶ者もいて、その名も分かった。

「父上が袂につけていた白粉というのは、あの女のものか」

凜之助は呟いた。だとすると、どう文ゑに話したものかと迷った。ただ今の様子を見ただけでは、はっきりしたことは分からない。

まだ帰らないだろうと思ったので、八丁堀の河岸道でもぶらつこうと考えた。この頃になると、ようやく昼間の暑さも収まってきていた。

夜風に当たると、ほっとする。

「おや」

南八丁堀の河岸道で、暗がりの中で人影があった。一人で立ち尽くしている。十五夜の月明りで、提灯がなくても背丈や体つきで女だと分かった。

「夜鷹か」

と思った。たまに出没する。

夜鷹は、女郎屋では使い物にならなくなった薹の立った女で、丸めた藁筵を手に持って、男客を誘う者を言った。三十文程度の銭で春を鬻ぐ。買いに来る男も、公許の吉原はもちろん、岡場所の女郎屋へも行けない者たちだ。
七、八間（約十二・七メートル～十四・五メートル）の間隔で、二人いた。二人目の前を通ると声をかけられた。
「お侍さん。遊びませんか」

声を聞いて、足を止めた。若い声だったからだ。もちろん凜之助は夜鷹に関わることはなかったが、定町廻り同心としてそのありようについては耳にしていた。

近寄って、月明かりに照らされた顔を見た。
十七、八とおぼしい歳で、いかにも素人っぽい娘なので魂消た。身なりも、粗末ではない。

「その方、堅気であろう。なぜこのようなことを」

咎めるような口調になった。なぜこのようなことをしているのか、見当もつかなかったからだ。

問いかけには応じずに、娘はつんとした顔になって行ってしまった。

京橋の方から、男がやってきた。娘はそちらへ寄って行った。

「おや、婆あじゃねえじゃねえか」

男が、驚きの声を上げた。何やらやり合い、話がまとまったらしく、そのまま闇の道に消えた。

凜之助は、立っている他の女の様子も窺った。やはり若い娘で素人らしいので驚いた。これも身なりはまともで、裏店育ちには見えなかった。

この娘は、凜之助に見られていると知ると、そのままここから姿を消した。買う気はないと、察したのか。

それから凜之助は、小料理屋花見鳥の前に戻った。半刻（約一時間）ほどして、松之助がお初に見送られて店から出てきた。親し気に話をしたが、それだけだった。二人だけだったが、手を触れることもない。

松之助は寄り道をせずに屋敷に帰った。

凜之助は裏木戸から屋敷に入った。文ゑは起きて待っていた。凜之助は、南八丁堀の花見鳥という小料理屋で飲んだということだけを伝えた。お初のことは伝えない。深い何かがあるとは思えなかった。

「そうでしたか」

聞いた文ゑは頷いたが、納得したかどうかは分からなかった。

第一章　娘の夜鷹

一

翌朝凜之助は、南町奉行所の同心詰所で同役の忍谷郁三郎と会った。風通しのよくない詰所は、じっとしているだけでも汗が噴き出してくる。

蟬の音が、建物の中にいても聞こえてきていた。

忍谷は五つ歳上の二十五歳で、共に鏡新明智流桃井道場で剣術を学んだ。兄弟子として指導を受けた。

また凜之助の姉由喜江を妻女としたので、義兄という間柄でもあった。三歳になる娘花を溺愛している。

そこで凜之助は、昨夜、文ゑに頼まれて松之助をつけた話をした。

「そうか。義父上は花見鳥の常連であったか」

忍谷は八丁堀界隈も町廻り区域の一つなので、その小料理屋を知っていた。

「あそこのおかみは、なかなかの器量よしだからな」

にやりと笑った。

「義父上も、女子を見る目がある」

と続けた。感心する気配さえあった。

「お初というおかみについては、母上には話せませんでした」

凜之助としては、どうしたものかと相談したい気持ちがあった。文ゑは、何かを感じている。

「気にすることはない。義父上は、美しいおかみと話がしたいだけであろう」

忍谷は、案じる気配を見せなかった。軽く見ている。

「しかしな」

松之助は、持てるのではないかと凜之助は思っている。八丁堀の屋敷内では形無しの父だが、定廻り同心としては敏腕で、悪党どもには怖れられた。しかしそれだけではなく、裏店の者にも面倒見の良いところがあった。

後家やその日暮らしの女房などにも、声掛けをしたり、女中仕事の口利きなどをしてやったりしていた。後を継いだ凜之助は、町廻りをするようになって、松之助がそういった者たちに慕われていることを知った。

「お初という女子は、なかなかしっかりしているぞ。浮いた話はない」

忍谷は断定した。しかし白粉がついていたとなれば、触れあったのではないかと思うのだ。何もしなければ、それはない。だからこそ文ゑは、気にしていた。

そのことを告げると、忍谷は手を振った。

「その程度のことでは気にするな。目くじらを立てるほどのことはない」

「ではそういうことが、義兄上にもあるのですか」

「馬鹿なことを申すな。その方だとて、美しい女子と話をするのは楽しかろう」

「まあ、それは」

「義父上であっても、同じだ。それだけだ」

取り合わなかった。話していると、いつの間にかそうかもしれないという気持ちになった。

それから凜之助は、昨夜のことで思い出した一件を口にした。八丁堀河岸に立っていた、二人の娘のことである。

「目にした娘は二人だけですが、他にもいたかもしれません」

「薹の立った夜鷹ではないのだな」

「はい。暗がりで見たとはいえ、食うに困っているとは見えませんでしたが」

「そうか。八丁堀河岸にもいたのか」

話を聞いた忍谷は驚かなかった。わずかに考えるふうを見せてから続けた。

「そやつら、汐留川河岸にも出没するぞ」

この二、三か月のことだという。毎日ではないが、姿を見せる。場所を変えて、あちこちに立っているのかもしれない。

「夜鷹とはいっても、若い娘だからな。ちと状況が違う」

遊びの値段は、薹の立った夜鷹と比べると、数倍高いらしい。土手などに筵を敷いてことをなすのとは異なる。船宿などを使うらしいので、その代金もかかる。

「それでも面白がって、買いに行く者がいる」

「堅気の娘かと思われますが」

「だからなおさら、買いたがる」

しかし凜之助にしてみれば、腑に落ちない。

春を鬻いで金子を得ることは、公式では吉原でしか認められていない。しかし現状では非公認の岡場所が、江戸の各所にあった。夜鷹も徘徊している。町奉行所はごくたまに夜鷹狩りをするが、その程度のことだった。

「食うに困らない娘が、何のために」

気になるのがそこだ。忍谷の話を聞いても、納得がいかない。親や弟妹を食べさせるためと親の借金の形に売られた娘なら、仕方がないだろう。ただそうならば、櫛などの装飾品は売り、着物も粗末なものになるのではないか。

けれども凜之助が目にした娘は、そうではなかった。

「そこだ。おれだって、おかしいとは思っているさ」

八丁堀河岸だけでなく汐留川河岸は、忍谷の町廻り区域でもあった。

「何であれ己が勝手にやっているのならば、それは仕方がない。ですが何者かに捕らえられ、無理やりやらされているとなると、何事かとなります」

「だが、娘が攫われたと訴えて来る者はいないぞ」

「ならばなおさら、得心が行きませぬ」

「そうだな」

忍谷も頷いた。嫁入り前の娘が、夜の河岸道に立っているなど、訴えられるものではない。

「調べてみたらいかがでしょう」

と言ってみた。何かの犯罪に繋がるかもしれない。

「それはそうだがな、おれも忙しい」

こうなると、腰が引けた。いつものことだが、忍谷は面倒なことを嫌がる。横のものを縦にもしないと、姉の由喜江はよくこぼす。

やり出しても、長続きしない。続いているのは、剣術の稽古と娘の花を可愛がることだけだ。

定町廻り同心が忙しいのは確かだ。江戸では日々いろいろなことが起こっていて、探れば切りがない。町の者は、己の都合で無限に頼ってくる。それでは体がいくつあっても足りなかった。

「どうだ、その方が当たってみぬか」

「ええっ」

「不審に思ったのはその方だ。おれの見廻り区域のことであっても、かまわねえ。遠慮なくやっていいぞ」

要するに、押し付けていた。忍谷は前から、義弟である凜之助に面倒な仕事を押しつける癖があった。便利使いをさせられる。そのくせ得た手柄は、横取りをした。

「いや、それは」

凛之助は気を引き締める。押し付けられてはたまらない。同じように町廻りがあり、暇なわけではなかった。またこの件については、なにか悶着が起こっているわけでもなかった。

見廻り区域外で、面倒の種を自分から拾いたいわけではない。

二

薪炭は、冬場だけ使うわけではなかった。もちろん冬場の求めは多いが、夏であっても煮炊きの火は必要だ。篝火(かがりび)などにも使う。

江戸では、裏山から取ってくるわけにはいかない。榛沢屋は繁盛していた。

「旦那さん、お客さんですよ」

主人の羽左衛門は手代に声をかけられた。相手は、大身(たいしん)旗本家の用人だった。番頭や手代で済む用件ならば任せるが、そうはいかない場合も少なくない。

大きな仕事や大事な客には、羽左衛門が出なくては始まらなかった。

羽左衛門は三十年前の十歳の時に、榛沢屋に奉公をした。そのときは宇助(うすけ)という名だった。

十八年前に、先代に認められて一人娘のお多代と祝言を挙げて婿になった。そのときは、天にも昇るほど嬉しかった。

当主となって羽左衛門の名を継ぎ、必死で働いた。

武家を相手にするのは、町屋にはないしきたりがあって、厄介なことも多かった。辛抱強く働きかけて、大名家の御用達になることができた。そうなると店の格も上がって信用がつき、商い量を増やすことができた。

今では羽左衛門なしでは、榛沢屋の商いは成り立たないとまでも言われるようになった。

商いの面での屈託はなかった。さらに商いを広げる自信があった。その工作も、調えられつつあった。

商いの先を考えるのには、大きな喜びと満足がある。

さらに高禄の大名家への、出入りが許されるように図っていた。訪ねてきた侍は、その大名家の縁戚の旗本家の用人だ。

「商い量も、増えているようだな」

「お陰様で」

満面に笑みを拵えて、羽左衛門は応じた。ここまで来るのには苦労をした。大名家の江戸家老や旗本にも、根回しをしてきた。

「では、手抜かりのないようにいたせ」

用談が済むと、旗本家の用人は引き揚げて行った。

「ごめんなさいよ」

そして次に現れたのが、秩父(ちちぶ)屋(や)利(り)八郎(はちろう)だった。右足を、やや引き摺るような歩き方をする。三歳下で、先代主人の弟の子だ。先代の弟は、京橋山城町(やましろちょう)の蠟燭(ろうそく)屋へ婿に入った。

その後を継ぎ、九年前から主人となった。

「今出て行ったのは、旗本家の御用人だね。また商い量が増えるのか。頼もしいねえ」

「いえいえ、少しばかりですよ」

面倒な客だと思ったが、顔には出さずに客間で向かい合った。

「宇助さん。いや失礼、羽左衛門さん。あんたの商いの才覚は、たいしたものだ」

ご機嫌取りをするような顔で言った。媚(こ)びるような言い方の中にも、下に見るような不快な印象があった。宇助と奉公人の頃の名を呼んだのは、間違えたのではない。

わざと口にしたのだ。

おまえは婿だ、と伝えたのである。

利八郎は榛沢屋の先々代主人の孫になる。榛沢屋の親しい血縁として、付き合ってきた。

手代のときまでは、まともに相手にされなかった。

お多代の父が隠居をして、宇助から羽左衛門になった頃には、秩父屋の方が繁盛をしていた。利八郎の父親は、なかなかのやり手だった。

しかし代替わりした後の秩父屋は、すっかり商いが傾いてきていた。利八郎のせいで、少なくない顧客を逃したと聞いている。

十四、五歳の頃から、若旦那と呼ばれて煽(おだ)てられ、まともな商いの修業をしていなかった。

羽左衛門の目から見れば甘さが目立ったが、忠告を嫌がった。何よりも辛抱が利かない。老年の番頭は、ご機嫌取りをするだけだった。

困ると、榛沢屋へやって来た。

「おとっつあんは、この店の出です。お互いに助け合おうじゃないですか」

都合のいいことだけを口にした。商いのためということで、榛沢屋はすでに五百七十両を秩父屋のために出している。助けたことはあっても、助けられたことはない。

利八郎が商いに関わると、かえって面倒なことになった。

「今回は、少し大きな商いをすることになりましてね。確かな商いですよ」

「そうですか」

何度も聞かされた言葉だ。それで身代を細らせてきた。

「そのためにね、榛沢屋さんに少しばかり、助けていただきたいのですよ。九十両ばかりです」

来月の初めまでに、ほしいと言ってきていた。九十両という金高は、榛沢屋にとっても少ない額ではなかった。

「今度は、確かな商いなんですから。借りた分だけでなく、これまでの分も、だいぶ返せますよ」

西国の産地から新たに仕入れるという話だが、間に入る地回り問屋の話がうますぎた。利八郎は胸を張って言ったが、思い込みの方が強いと感じた。

「まあ、考えさせてくださいな」

三月前にも、似たような話を持ってきた。そのときは、返事を先延ばしにした。

「返せない」と見ているからで、いつの間にかその話は立ち消えになった。その程度の中味だったと見ている。

利八郎の商いの甘さに、腹が立っていた。必死の思いで貯えた榛沢屋の利を、当然のように掬(すく)い取って行く。そして今回貸せば、また次のときに甘えてくる。返せないままにだ。

ここらできっぱりと、釘を刺さなくてはいけないと考えていた。

「せっかくのお話ですが、御融通はできません」

はっきりと告げたつもりだった。

「どうしてですか。うまくゆく話なんだ」

「いや。どうでしょうか」

「あんたは近い親類を、助けないというのかね」

食い下がってきた。薄情だと続けた。

「これは、商いの話ですから」

「いや。あんたは情け知らずで、恩知らずだ」

婿のくせに、主家の血筋を助けないという意味だ。しかし羽左衛門は、それは違うと考えていた。今かわしているのは、商いの話である。

「自分が守るのは、甘ったれな血筋ではなく、榛沢屋の暖簾だ」

という気持ちだった。

「何とおっしゃられても」

心を鬼にして答えた。そのときだ、襖を開いて入ってきた者がいた。身に着けている香のにおいで、すぐに分かった。お多代だった。

「どうして出してやらないんだい。利八郎が憎いのか」

初めから喧嘩腰だった。美しい顔が、般若のようになっていた。何かを通したいときは、いつもこの調子だ。

店の外にいるときのお多代とは、別人になる。

「とんでもない。お力になりたいと思っていますよ」

「ならばなぜだい」

「商いの話ですからね。借りて商いをすると、秩父屋さんがかえって困るかもしれません」

それで事情を伝えたつもりだったが、お多代は聞く耳を持たなかった。思い通りにならないのが不満なのだ。

「困っている縁者をなぜ助けない。たかが九十両じゃあないか」

「たかがではありません。大金です」

商人にとっては、一文の銭でも大切だ。羽左衛門は小僧のときから、お多代の父である先代主人からそう叩き込まれてきた。

「何を分かったようなことを」

「そうですよ。あんたは婿だ。榛沢屋の縁者のために、尽くして当然だ。そのために、ここにいるんだから」

お多代に続けて、利八郎が口にした。とうとう本音が出たと、羽左衛門は思った。二人は事前に打ち合わせた上で、ここに来ていると察した。

榛沢屋の商いは順調だから、金子は次々に湧き出ると考えているのかもしれない。

「何と言われても」

ここは通す腹だった。するとお多代は、甲高い声を上げた。

「あんた気に入らないならば、今すぐここを出て行ったらいい。あたしはちっとも困らないよ」

思い通りにならないことのないお多代だ。だからこれまで、五百七十両もの金子を出してきた。他にも、お多代は湯水のように金子を使っている。

「ふざけるな」

と尻をまくりたいところだが、恩人である先代の顔が脳裏に浮かんだ。自分が婿であるのは間違いない。

お多代にとって利八郎は従弟（いとこ）という間柄だが、それだけではない。互いに一人っ子で、祖母がいたときには利八郎は長く泊まりに来て姉弟のように過ごした。お多代が山城町の秩父屋へ泊まりに行くこともあった。

秩父屋は山城河岸と呼ばれる、お城の堀に面していて、人や荷車の通行が多い繁華な場所だった。

荷車を引く牛や馬も通った。幼い二人は土手に出ようとして、通りを横切ろうとしたが、慌てていたお多代は転んだ。

このとき丁度、荷車を引いた馬が通ろうとしていた。

「あぶない」

利八郎はお多代に飛び掛かり、間一髪で馬とぶつからずに済んだ。しかしそのとき、利八郎は右膝の皿を割る大怪我をした。命に別状はなかったが、膝は治っても軽く足を引きずるような歩き方になった。

それは今でも続いている。

もともと仲のよかった二人だが、お多代はそれで利八郎を溺愛した。そして利八郎は、甘え方がうまかった。

「分かりました。そこまで言うならば」

お多代の無理に、羽左衛門は応じた。出て行ってもいい、という気持ちはあった。その方が清々する。しかし出て行ったら、榛沢屋は三年で潰れる。お多代や利八郎が路頭に迷うのはかまわないが、榛沢屋の暖簾を下ろすことになるのは耐え難いことだった。

「店は、おまえに任せるよ」

先代に言われた。その言葉があって、自分を支えてきた。

「初めから、そう言えばいいじゃないか。主人面をするからいけないんだ」

言い残したお多代は、利八郎と引き揚げて行った。

ため息を吐きながら、羽左衛門は開いたままの障子に目をやった。するとそこに、一人娘のお由が立っていた。羽左衛門を見詰めている。

自分に向けられたその目は、お多代と同じように冷ややかで、侮蔑の光が宿っていた。

三

八畳の部屋二つの間にある襖を取り外して、そこで十二人の娘が裁縫の稽古をしている。襖はすべて開け放しているから風は抜けるが、暑い昼下がりであることは変わらない。

汗を拭き拭きの稽古だった。

お麓は、その中の一人だ。自分の稽古もするが、初心者の指導も任された。九歳のときから、八丁堀の朝比奈家へ稽古に通っていた。

集まるのは年頃の娘が中心だから、暑くても寒くてもお喋りに花が咲く。十歳前後から、十八、九歳の嫁入り前の者が中心だった。もちろんそれ以外の歳の者もいた。

「口を動かすんじゃなくて、手を動かしなさいよ」

お麓はひと際うるさい娘たちに声をかけた。

午前と午後の組に分かれている。全員が町娘で、表通りの商家や職人の親方の娘が多かった。師匠の文ゑは武家の御新造だが商家の出なので、細かなことは言わない。多少のお喋りは黙認した。

注意をするのは、お喋りの度が過ぎたときだ。裁縫がうまくなることを優先したが、ただ上手になればいいという考えではなかった。

針で指を差した娘がいた。

「それはあなたが、針先をちゃんと見ていないからです」

文ゑは厳しく注意をする。痛がっても、同情はしない。

「大事な白無垢(しろむく)を縫っていて、血で汚したら何とする」

縫えば終わりではない。その後で、身につける者がいることを忘れるなという考えだ。

叱った後は、さばさばしている。お麓は、そんな文ゑが好きで、通っていた。文ゑも可愛がってくれた。

「凜之助と祝言を挙げてくれたら」

何度かそう勧められた。凜之助には好感を持っていたので嬉しかったが、祝言を挙げるならば、すべての者から祝福されたいと思っていた。

朝比奈家では、大御新造の朋が、隔日で武家娘に書の指導をしている。こちらはしんとしていて、声を上げる者はいない。

書の稽古だから当然だが、朋の方が厳しい指導だ。礼儀作法もうるさかった。

朋は賑やかで奥ゆかしさに欠ける文ゑの弟子を、快く思っていない。時折注意をされる者がいた。

朋は、書の弟子の網原三雪を凜之助の妻女にしたがっていると聞いていた。直に伝えてくる者はいないが、弟子たちがする噂話で耳に入った。

文ゑはいつもなら、念入りに弟子たちを廻って声をかける。けれども近頃、文ゑは、少し沈みがちで、何か考えごとをしているようにも見えた。体のどこかが、痛いのかもしれないとも思って気になっていた。

「では、最後の掃除をしましょう」

稽古が終わると、当番を決めて部屋の片づけをする。糸屑や端切れなどが落ちている。翌日は書の稽古に使う部屋だから、慎重にやった。

そうでないと、朋に文ゑが責められる。

掃除に残ったのは、お麓を含めて四人。その中にお由がいた。お由は、びっくりするくらいの器量よしだ。

日本橋本銀町の老舗の薪炭屋榛沢屋といえば、分限者として知られている。その一人娘だからか、身なりはいいし小遣いも多いと聞いた。稽古の後は何人かを連れ立って、甘味屋へ葛餅や餡みつを食べに行くらしい。羽振りがいいから、ご機嫌取りをする娘も少なくなかった。

いつものことだが、掃除は他の者に任せて動かない。

稽古のときも、文ゑがいるところではおとなしいが、部屋から出て行ったり他の弟子にかかりきりになったりすると、面倒なところを他の者に押し付けた。

そんなだから、一向に上手にはならない。

好きなのは、芝居の話で、役者の名や演目についてはよく知っている。好みの役者もいるらしかった。

お麓はお由とは仲がいいわけではないが歳も近く互いに稽古は長いので、話はした。

「お由ちゃん。床の間は、最後に乾拭きもしてね」

と告げた。

「はあい」

と調子よく受けたが、結局は他の者にやらせた。

「ありがとうございました」

文ゑに挨拶をして、娘たちは朝比奈屋敷から出た。お麓は一つ用足しで出かけなくてはならない先があったので、途中までお由と二人で話しながら歩いた。話題は合わないけれど、たまにはいい。

取り巻きの娘が二人、後からついてくる。

「甘いものでも食べませんか」

と勧められたが、それは断った。

お由は芝居の話をした。知らない役者の名を口にした。毎月のように観に行くらしいが、木挽町の三座の芝居は高い。

「よくそんなお金があるわね」

と訊いてみた。

「おっかさんが、出してくれるの」

母親のお多代も芝居好きで、お由よりも多く観に行くと聞いた。

「同じ演目でも行くの」

「ううん、一緒にはいかない。おっかさん、嫌がるから。一人で観たいらしい」

「おっかさんは、贔屓にしている役者でもいるの」

「うん。市村段蔵っていう役者」

大看板で似顔絵が載るような役者ではないが、お麓も名だけは聞いたことがあった。

「そんなに出かけていたら、おとっつあんは何も言わないの」

「言わない。婿だから、おっかさんには何も逆らえないの」

店では威張っているくせにと言い足した。自分の父親を軽んずる口調で、お麓は驚いた。

「あたし、裁縫なんて習いたくなかった」

「……」

「でもそれくらいできないとって、小さい頃におとっつあんが言ったから」

「やらされて、恨んでいるの」

「まあ、仕方がないけど。今だったら、知らんぷりしてやるんだけど」

「そう」

そんな気持ちで来ているならば、うまくなるわけがないと考えた。

「じゃあ、止めればいい」

と言いそうになって言葉を呑み込んだ。他人に、よけいな差し出口をしてはいけない。

四

朝、凜之助は、屋敷の井戸端で朋に声をかけられた。洗面を済ませたところだった。

炎天で、今日も暑くなりそうだ。すぐ近くで蟬が鳴いている。

「あの人、やはりおかしい」

朋は、文ゑのことを言っていた。話をするわけではないが、同じ屋敷にいるわけだから、感じることがあるようだ。

「何かあったのであろうか」

と問われて、返答に困った。老いても、さすがに勘が鋭い。

「何もないと思いますが」

そう答えるしかなかった。文ゑにしたら、胸にある鬱屈(うっくつ)について、一番気づかれたくない相手だろう。

「気を付けて、見るがよい。母者のことではないか」

と叱られた。

この日はさしたる出来事もないまま、凜之助は町廻りを終えた。昼過ぎになって雨雲が出てきて、一雨きそうな空模様になったが落ちてこない。

降ればすっきりしそうだが、思い通りにはならない。強い日差しはなくなったが、蒸し暑いばかりになった。

蟬の音は、どこにいても聞こえてくる。

昨日忍谷から話を聞いた、若い娘が河岸道に立って客を引く件について気がかりになっていた。

朝比奈屋敷には、毎日のように、書や裁縫を習いに来る同じ年頃の娘がいる。お喋りな者や気の強そうな者などいろいろだが、河岸場に立って身を売るような者とは感じない。

とはいえ、実際に凜之助が目にした娘は、稽古に来ている娘と変わらない。

誰かにやらされているのならば、捨て置けない気持ちになる。蒸し暑いのであまり動きたくないが、そこだけでも調べようと考えた。

凜之助は、まず南八丁堀の河岸道へ出た。

「そういえば、このところ立っている娘がいましたねえ」

界隈で何人かに問いかけて、乾物屋の主人が覚えていた。眉をひそめている。春を鬻いでいるのは、一目見ただけでも分かるからだ。

「娘たちは、どこから来るのであろうか」

「さあ。このあたりの者でないのは確かですが」

「背後に、怪しげな者はついていないのか」

「そういう輩（やから）がいるようには感じませんが」

とはいっても、注意して見ているわけではなかった。

「娘を買ったという者を知らぬか」

「いえ、私の周りには」

さらに何人かに訊いて、ようやく現れた。

「裏長屋の独り者の櫛職人が、そんな話をしていたような」

早速凜之助は、櫛職人を訪ねた。声をかけると、木屑を払いながら外へ出てきた。責めるつもりはないとしてから、河岸に立つ娘について尋ねた。

「おぼこじゃあなかったが、すれっからしでもなかったですね」

まんざらではなかったらしい。卑し気な笑いを浮かべた。不快だが、約束だから、責めはしなかった。

「話がついた後で、どこへ行ったのか」

「鉄砲洲(てっぽうず)の船宿です」

娘が連れて行った。

「何という船宿か」

「ええと、みなとやとか言ったっけ」

「娘はその船宿で、馴染みだったのか」

「さあ。それは分からねえが」

おかみと話をつけたのは娘の方だ。二人でそこにいたのは、用を足した四半刻あまりの間だけだった。

「何か話したか」

「何にも。終わったら、さっさと行っちまいやがった」

不満そうだった。

「男の気配は」

「それはなかったですね」

不気味だったので、様子を見てから声をかけたのだとか。美人局だったら、後が面倒だ。

「遊びの代は、いくらだったか」

「高かったですよ。夜鷹が三十文前後だとして、銀十匁（一両の約六分の一）でした。船宿の部屋代も払わされましたから、散財でした」

まあそれだけのことはありましたがと笑った。

「その値は、高いのか」

凜之助は、そういう遊びをしたことがなかったので、相場は分からなかった。

「初めは銀十五匁と告げられて、値切りやした」

銀十五匁も出したら、岡場所ならばそこそこの店で遊べると付け足した。

「その娘はいつも、八丁堀河岸にいるのか」

「分かりやせんね。そうかもしれませんし、違う娘かもしれやせん」

娘が立つことは間違いない。とはいえ明るい中で、顔を確かめるわけではなかった。

後日河岸道を通ったときにも声をかけられたが、違う声だったと言った。

「その話をしたら、てめえもって、夜出かけたやつがいます」

やはり独り者で、版木職だとか。物好きなやつだと思ったが、その男の住まいも聞いて訪ねた。

「ええ、銀十匁でした」

櫛職人と同じように、休憩に利用する船宿代も払っていた。聞けた内容は、櫛職人とほぼ同じだった。背後に、何者かが潜んでいる気配は感じなかったとか。

凜之助は、汐留川河岸へも行った。このあたりにも大店の商家が並んでいる。荷船が行き交っていた。

職人ふうやお店者ふう、人足などに問いかけた。

「そういえば、いましたね」

娘に気がついていた者は、少なからずいた。話題にもなったらしい。荷船の船頭が娘と遊んでいたというので、話を聞いた。しかし聞けた内容は、南八丁堀の河岸で聞いたものとほぼ同じだった。

ここで凜之助が考えたのは、夜の河岸道に立つ娘に悪戯をする不埒者がいるのではないかということだった。二度三度と声掛けをされたら、からかってやろうと思う者がいるかもしれない。

さらによからぬことを企む、始末に負えない者も現れるのではないか。何しろ相手は若い娘だ。

何もないはずはないと考えたのだ。

「闇に立つ女に、絡む者はいなかったのか」

と問いかけた。すると何人目かで反応があった。小料理屋の女中だ。

「若い女の人が、破落戸みたいな人に絡まれていました」

「やはりな」

詳しく聞く。絡まれたのは、暮れ六つの鐘が鳴ると現れて来る数人の娘のうちの一人だった。

破落戸は、面白がって絡んでいたらしい。

「三人くらいで囲んで、逃がさないようにしていました」

「なるほど。悪いやつらだな」

「そのときに、どこかから岡っ引きだという男の人の声が聞こえました」

「ほう。見ていた者が他にもいたわけだな」

「そうかもしれませんが」

女中は首を傾げた。

「破落戸がいなくなった後で、その声を上げたとおぼしい男と、娘が話をしていました」

岡っ引きは現れなかった。

「知り合いだというのだな」

「そう見えました」

「なるほど」

初めから男は、どこかで見ていたということか。

「だとすると、腑に落ちぬな」

現れた男とは、どういう者なのか。やくざ者ならば、娘に絡んだ破落戸に殴りかかって懲らしめる。金子も脅し取る。けれどもそれをしていなかった。追い払っただけだ。

「ならば、通りかかっただけの者か」

「それにしても」

女中はため息を吐いた。

「あんなことをして、親を泣かせて。何のために立つんでしょうね」

それは凛之助も同じ思いだった。

五

誂えたばかりの着物を身に着けたお多代が、駕籠を雇って榛沢屋から離れて行った。昼四つ前頃のことだ。

朝からそわそわしていた。

羽左衛門は、店脇の路地から離れて行く駕籠の様子を見ていた。下腹の奥が、きりりと痛んだ。

お多代が何をしに行くか、分かっているからだ。お多代は祝言を挙げる前から、木挽町の芝居小屋、三座の一つ河原崎座に出入りをしていた。

娘の頃から、芝居好きだった。何人もの役者に、入れあげてきた。

羽左衛門は、貸しのある薪炭の小売りの倅に、内密で調べさせた。芝居にはそれなりに関心を持つ者だった。

するとお多代は、今は市村段蔵という役者に入れあげていることが分かった。役者としての段蔵について聞いた。今は大看板ではないが、そうなる可能性のある役者だという。

衣装を調え、茶屋を経て芝居を見に行くのは金子の掛かる贅沢な遊びだった。お多代の道楽だ。大きな負担だが、羽左衛門にしてみたらそれは仕方がないと受け入れるしかなかった。

女房とはいえ、商人として一人前にしてくれた主家の娘だ。祝言を挙げた相手でもあった。

ただ段蔵との間は、役者と贔屓客との関係を越えていることが分かった。金子を与えているだけでなく、芝居がはねた後は食事をし、出合茶屋でひと時を過ごしていた。

「許せることは許したい」

そう思って過ごしてきた。祝言を挙げて一年もしない頃から、寝所は別になった。

「寝るときくらい、ゆっくりしたいじゃないか」

と言われた。その瞬間は、体が強張ったのが自分でも分かった。

お多代は、外面は極めて良かった。客や近所の者、縁戚の者には、羽左衛門とは鴛鴦夫婦であることを装ってきた。

羽左衛門としては小僧のときから憧れていたから、睦まじく過ごしたかった。しかしお多代は、初めから奉公人としか見ていなかった。

だから羽左衛門は、商いに力を注いだ。商いを大きくすれば、いつかはお多代に認められると思ったからだ。

しかしそれがないままに、十八年が過ぎた。苦労の末に、大名家の御用達になった。喜んでもらいたくてそのことを伝えたが、表情には何の変化も浮かばなかった。

「ならばもっと、お足が入るんだね」

それだけだった。ねぎらう気配などまったくなかった。

もう何年も前から、お多代と心を繋げることはあきらめていた。心安らぐ場所は、他で作ろうと考えた。

それでもお多代と表向きは合わせてやってきたのは、榛沢屋があるからだし、一人娘のお由がいたからだった。堪え難いことを、堪えたのである。

そして耐え難いことは、それだけではなかった。

秩父屋利八郎の無心だった。三十両、五十両、ときには百両。甘い商いのせいだが、自分では分かっていない。貸し渋ると、お多代が出てきた。

「大事な親族を、なぜ守らない」

とやられた。精いっぱい商いをして、次の商いのための財を拵えようとしても持っていかれる。

「壊される」

という気持ちがあった。

「このままでは、店も自分も食い潰されてしまう」

そういう恐怖が湧いてきた。お多代に対しては、すでに情愛といったものは、なくなっていた。自分に振り向くことはないと思うからだ。

しかしお多代は歳をとっても、羽左衛門には眩しくて美しかった。美しいと思う度に、憎しみが深まった。冷静に考えれば、身勝手で酷い女だ。

取り得はいい家に生まれて、美貌というだけだ。人を思いやる気持ちは微塵もない。そういうお多代を、自分は後生大事に守っていこうとしていた。おまけに利八郎という甘ったれまでついてくる。

密かに囲っているおくらは、一緒にいると安らぐが、質素な女だった。傍にいると癒される。子どもは懐いていた。

お多代は、それとは別の世界の女といってよかった。

報われることなく、お多代に尽くしている。こうなると自分は、よい人、誠実な人というよりも、ただのお人好しではないかと思えてきた。

とはいえ何であれ、自分を認めてくれた先代の「店を守れ」という言葉が、重くのしかかってくる。その言葉がなければ、躊躇うことなく榛沢屋を出てゆくことができた。

お多代は、榛沢屋の血を引いた者だが、店を守る存在なのか。そういうことを、考えたことがあるのか……。

今のままならば、食い潰してゆくだけだ。羽左衛門にとって、何よりも重いのは榛沢屋の暖簾を守ることだ。

主家の娘であっても、壊すことは許されない。

お多代を乗せた駕籠が、店から離れて行く。羽左衛門は、その駕籠をつけた。

「どうしてこんなことをしているのか」

つけて行く自分が、惨めだった。老舗の主人がすることではない。

それでも気持ちは、抑えられなかった。

行った先は、河原崎座の芝居小屋だった。市村段蔵が出ていた。配役として看板に書かれた文字を見詰めた。

それでいったん店に戻り、客の相手などをした。そして芝居がはねる頃合いを見計らって、手代に「倉庫で品を検める」と告げて店を出た。

「来なくていいよ」

と伝えていた。

芝居小屋は演目が終わって、客が帰り始めていた。出てきたお多代は、駕籠に乗った。榛沢屋に帰るわけではない。羽左衛門はつけた。

辿り着いた場所は上野の不忍池の畔で、何かの建物があるわけではなかった。お多代はそこから歩いて、料理茶屋の前で立ち止まった。

樹木の多い、人通りの少ない場所だった。

駕籠は、料理茶屋まで行かなかった。やや離れた場所で降りたのは、どこへ行くかを見られないためだと察した。

見張っていると、しばらくしてやってきたのは段蔵だった。駕籠で来たのかもしれないが、どこかで降りていた。二人とも慎重だ。

羽左衛門は、段蔵の顔を知っていた。

お多代が入れあげていると知ったときに、芝居小屋まで顔を見に行っていた。それをするにあたっては、抑えがたい気持ちがあった。

羽左衛門は、近所の者に問いかけた。すると、

「あの料理茶屋は、食事をさせるだけではありませんよ」

「そうですか」

「休憩もさせます」

身に染みる返答だ。とはいえ予想した言葉だった。

店の商いに使う金子以外は、これからのために取っていた。いつか勝負をしなくてはならないときがくると思っていた。

けれどもお多代からは無心された。毎月二十両を渡していた。一両あれば、裏店なら四人家族が一月以上暮らせた。それでも、足りないと言われた。

数日前にも、十五両を渡した。その使い道については、おおよその見当がついた。

「ここで渡すつもりだったのだな」

羽左衛門は呟いた。一文の銭を惜しんで商いをして得た利を、こんな形で使われてしまう。

「このままではいけない」

羽左衛門は、懐に入れてある匕首(あいくち)に、着物の上から手で触れた。憎いのは段蔵では

なかった。

六

羽左衛門は、料理茶屋に差す西日の朱色が徐々に濃くなるのを、身じろぎもせず見詰めていた。汗は噴き出てくるが、暑いとは感じなかった。

「落ち着け」

自分に言い聞かせ、深く息を吸ってから、ゆっくり吐き出した。するとそれまで聞こえなかった蟬の音が、耳に飛び込んできた。

懐の匕首に、着物の上から触れたままの姿勢でいた。建物の中では、お多代と段蔵が同じ時間を過ごしている。

お多代の相手は、これまで段蔵だけではなかった。中村新之丞（なかむらしんのじょう）という役者のときもあった。飽きたり気に入らないことがあったりすれば、乗り換えるのだ。

これも芝居通の薪炭屋の倅に調べさせた。

それでも羽左衛門を支えていたのは、娘お由の存在だった。

「この娘は、自分と血の繫がった子だ」

榛沢屋の店を守り、この子を育てる。それが羽左衛門の生きがいになった。けれども振り返ってみると、お多代は祝言を挙げて半年ほどで、肌に手を触れさせなくなった。

ところがさらに半年ほどした頃、一度だけ、お多代の方から寝所を共にしたいと言ってきた。羽左衛門は喜んだが、それは一度だけだった。

そしてお由が生まれた。

育ってゆくお由は、人が振り返るほどの器量よしに育ったが、お多代にも、自分にも似ていなかった。そして羽左衛門には懐かなかった。

冷ややかな眼差しを向けるだけだ。お多代が、日々自分にまつわる侮蔑の言葉を聞かせているからだと気が付いた。

「あんたのおとっつあんは、ほんとにつまらない人だねえ」

お由に話しているのを耳にした。そういう言い方は、このときだけではないだろう。

そしてお由が十歳になったとき、実子でないことを知った。

祝言を挙げて一年ほどした頃、お多代は片岡團之助（かたおかだんのすけ）という役者といい仲になっていた。

團之助は、そのときはまだ看板役者ではなかった。けれども数年後には、大看板に似顔絵が載るような役者になっていた。

　大看板は興行の間中、芝居小屋の一番目立つところに飾られる。木挽町近くに用があって出向いた折、芝居小屋の前に羽左衛門は立った。

　六年前、團之助が流行病で亡くなる頃だ。

　大看板に目をやった。それでどきりとした。

「ああ」

　目鼻立ちが、お由とそっくりだったからだ。体が震えた。お由の父親が誰かを、悟った。

　雑踏の中で、すぐには動けなかった。

　婿とはいえ、羽左衛門は何のために生きているのかと絶望的な気持ちになった。そしてお多代を美しいと思う度に、憎しみは深まった。

　羽左衛門は、榛沢屋に女中奉公をしていて、お多代に嫌われて出されたおくらという女を日本橋松島町のしもた屋に囲っていた。

　六歳になる宇吉という男児もいるが、それは羽左衛門の実子ではなかった。

　おくらは榛沢屋を出た後、左官職人のもとに嫁いでいた。腕のいい者だったらしいが、高いところから落ちてあっさり亡くなってしまった。

そしてその頃、羽左衛門はおくらと再会した。亭主を亡くしたおくらは、身重の体で途方に暮れていた。これも縁だと思って、しもた屋を借りて住まわせた。そのときは、囲い者にしようという気持ちはなかった。

おくらは、お世辞にも器量よしとはいえない。地味な女だった。

度々、様子を見に行った。

「日々お店のために、尽くしていらっしゃいます。どうぞ無理をなさらないでくださいまし」

おくらは、羽左衛門の身を案じてくれた。お多代からは、ただの一度もそういう言葉をかけられたことはなかった。

榛沢屋の先代は、自分を重用してくれた。それはありがたい。しかしそれは、あくまでも榛沢屋のためだった。

それに不満はないが、おくらの気遣いとは違った。

おくらといるひと時が、羽左衛門にとって唯一の安らぎの場になった。そしていつの間にか、許されない間柄になった。とはいえお多代の暮らしぶりを目にしていると、後ろめたさは浮かばなかった。

生まれた子は、男児だった。自分の子として育てることにした。名を宇吉とした。

宇吉は、羽左衛門によく懐いた。

「おとっつあんは、あんたのためにしっかりと働いてくれているんだよ」

おくらは宇吉に、そう語りかけていた。

「ちゃん」

近頃は、そう呼びかけてくる。

おくらと倅の宇吉は愛おしい。

お多代がいなくなれば、浪費はなくなり自分は解放される。榛沢屋のために、心置きなく働ける。利八郎からの無心も、きっぱりと断ることができる。

それはおくらや宇吉に対する気持ちとは、まったく別ものだった。

古い匕首を手に入れた。

自分の簞笥（たんす）の奥にしまっていた。お多代は羽左衛門に関心を示さないので、匕首の存在に気がつかなかった。

「いつかこの匕首を、実際に使うことになる」

とは気持ちのどこかで思っていたが、なかなか決心はできなかった。

その背中を押したのは、先日利八郎が、九十両の無心をしてきたときだった。羽左衛門は断ったが、お多代は強引に貸与することを伝えてきた。その後のことだ。廊下にいたお由が、侮蔑の目で見つめてきた。

憎むべき奉公人を見る目だと感じた。

九十両の金子のことで心中は悔しさで溢れ、また忸怩たる思いでいた。そのときに浴びせられた、お由の眼差しは胸に染みた。

お多代と一緒で、自分への心持ちは生涯変わらない。このままでは、榛沢屋と自分は潰されると確信した。

「もう、このまま時を潰すわけにはいかない」

そして羽左衛門は、お多代が芝居に行った日には、必ず段蔵と密会すると分かっていた。この機を狙おうと決めたのだ。

料理茶屋の出入り口が見えるやや離れたところで、羽左衛門は立ち続けている。出てきたお多代を刺すつもりだった。これで榛沢屋を守れる。待っている間、中で過ごす二人のことを考えた。するとさらに殺意は強まった。

身震いが出るほどだった。

ところが、思いがけないことがあった。

「あれは」

中年の男が、料理茶屋を見張っている。すでに夕暮れどきで、不忍池にも周辺の道にも薄闇が這い始めていた。空き地の草木の中で、身を潜めていた。身じろぎもしないで、料理茶屋の木戸門に目をやっていた。

羽左衛門に気づいている気配はなかった。

「な、何のために、あそこで」

これでは襲えないと考えたとき、料理茶屋からお多代と段蔵が出てきた。親し気に、何か話をしていた。

道に出た。人気のある通りに出る前に、二人は別々の方向へ離れた。そのときだ、草木に潜んでいた男が、道に飛び出した。

匕首を構えている。刃先が、西日を跳ね返した。

男が駆け寄った。あっという間の動きだった。気配を感じたらしい段蔵は振り返ったが、なすすべがなかった。

勢いづいた男は、匕首で段蔵の心の臓を刺していた。

「おおっ」

声を吞み込んだ羽左衛門は、身体を固くした。懐の匕首に手を添えていたが、こうなると抜けなかった。

段蔵が倒れた。刺した男はその場から去ろうとしたが、そこへ別れたはずのお多代が戻って来た。何か、伝え残したことでもあったのか。

惨状を目にして体を硬くした。

「うわあっ」

と声を上げた。刺した男は、顔を見られたと考えた様子だった。

次の瞬間には、お多代に躍りかかっていた。お多代は逃げようとしたが、足が縺(もつ)れたらしい。転びそうになった体に、男が躍りかかった。

「ひいっ」

悲鳴にはならない。ただ押し倒されたお多代の体が、小さく痙攣(けいれん)したのが分かった。

下腹を刺した男は、匕首を抜くとそのまま立ち去った。

羽左衛門は、驚きのあまり身体を固くしていたが、男が駆け去ったところで我に返った。男は上野広小路(ひろこうじ)方面に逃げていった。

自分が刺すつもりでいたが、他の者が刺してしまった。羽左衛門は、お多代の傍に駆け寄った。

苦悶の顔を歪(ゆが)ませる、お多代の姿があった。もう助かるとも思えなかったが、その面貌は凄惨だが美しかった。どきりとするほどだ。

目が合った。

「あ、あんた」

こちらに気づいたお多代は、憎悪の目を向けた。しかしそのまま意識を失ったらしかった。もう助からないと思った。

羽左衛門は何もせず、この場から離れた。湯島方面へ走った。

七

暮れ六つ前、凜之助は南町奉行所を出ようとしていた。そこへ池之端仲町の自身番から知らせが入った。料理茶屋から出た男女が、刺されたというものだった。

「生きているのか」

「男は死んだようでして」

凜之助の問いかけに、知らせに走って来た若い衆は答えた。

女は重傷で、治療のために小石川養生所へ戸板に乗せられて運ばれたとか。捨て置けない事件だ。

「その方、行ってまいれ」

この場には忍谷もいたが、押し付けられた。

池之端界隈は凜之助の町廻り区域ではないが、誰かが行かないわけにはいかない。上野あたりを見廻り区域にする定町廻り同心は、まだ戻って来ていなかった。仕方がないので、凜之助は検死の同心と池之端仲町へ向かった。

現場には、男の遺体だけが残されていた。すでに真っ暗で、篝火が焚かれていた。土地の岡っ引きの他に、料理茶屋のおかみと番頭がいた。数人の野次馬の姿もあった。

凜之助は提灯を使って、男の顔と体を検めた。二十代半ばから後半とおぼしい歳で、顔は驚きと恐怖、苦痛に歪んでいる。とはいえ常ならば、鼻筋の通ったなかなかの男前だと思われた。

傷口を検めた。心の臓を一突きにされていた。他に傷痕はなかった。

「衣服や周辺に争った気配はありやせん」

「うむ。いきなり襲われたわけだな」

先に来ていた中年の岡っ引きの言葉に、凜之助が答えた。刺し傷は一か所で、それが致命傷になっていた。

「全身の力をかけてぶつからなければ、こうはなるまい」

「へえ」

「よほどの恨みが、この男にあったのであろう」

懐には財布が残っていた。そこには十両と小銭が入っていたが、手をつけられていなかった。

「物取りではないとなると、怨恨か」

事件に最初に気づいたのは、初老の艾の振り売りだった。凛之助が状況について、問いかけをした。

「薄闇の先から、女の悲鳴が聞こえました」

男の声があったかどうかは、記憶になかった。

「恐る恐る近寄ると、男が駆けて行くのが見えました。慌てた様子でした」

「どちらの方向だ」

「湯島天神の方でした」

「人数は」

「一人でした」

侍ではなかった。仰天していたし、だいぶ暗くなっていたので、顔や服装については分からなかった。背丈や体つきも覚えていない。

他に仕事帰りの大工職人がいた。上野広小路方面から歩いてきた。やはり女の悲鳴ていた。

を聞いて駆け寄ったが、艾売りよりは少しばかり後らしかった。艾売りが立ち尽くし

「賊らしい者の姿を見なかったか」

「男が駆けてゆくのを見ました」

町人だとは分かったが、服装や顔などは分からなかった。

「逃げて行った方向は」

「あっちです」

指差した先は、上野広小路の方だった。すれ違った形だが、だいぶ離れていた。

「となると二人で襲い、別々に逃げたことになるな」

「そうなりやすね」

岡っ引きが答えた。艾売りが料理茶屋へ、大工が岡っ引きのもとへ知らせに走ったのである。男はこと切れていたが、女は生きていた。料理茶屋の若い衆が、女の方を戸板に乗せて小石川養生所へ運んだ。

次に凜之助は、料理茶屋のおかみと番頭に問いかけをした。

「襲われた二人は客か」

「そうです」

「刺された女と、ここで過ごしたわけだな」

「食事をして、しばらく御休憩をなさいました」

おかみは、困惑顔で答えた。

「女客は、どのような」

「四十歳にはなっていない、たいそうきれいなおかみさんでした」

身なりもよかったと付け足した。

「どこかの大きな商家の、おかみさんかと」

番頭が続けた。殺された男は見る限りでは二十代後半の歳で、商人には見えない。

とはいえ、職人ふうでもなかった。

「密通ってえやつですね」

「やったのは、女の亭主であろうか」

岡っ引きの言葉を聞いて、凜之助は返した。決めつけるわけにはいかないが、そう
考えるのが自然だと思われた。

「二人は、よく利用をしていたのか」

「月に一度くらいです。半年前くらいからお出ででした」

そして一刻半（約三時間）ほどを過ごしていった。

「いきなり来るのか」

「いえ。前の日に男の方が見えて、二人が来ることを伝えてきました」

料理の手配もあった。顔を見せるのは、殺された男とは違う者で、助次と名乗ったそうな。

密会に使われる店だから、客は名乗らないのが普通だと告げられた。こちらも尋ねなかった。

殺された男女が何者かは分からない。男は財布を持っていたが、身元が分かるようなものは何も持っていなかった。

部屋や料理の代金は、いつも女が払った。

「男の懐にあった十両は、女が渡したものではないか」

凜之助は、思ったことを口にした。検死も済んだので、遺体は自身番へ運ばせた。そして岡っ引きには、周辺の聞き込みをさせることにした。不審者を目撃した者がいるかも知れない。

検死の同心を戻した凜之助は、一人で小石川養生所へ足を向けた。すでに夜も更けていたが、明日へは回せない。

行くと、網原三雪が姿を現した。三雪の父は小石川養生所同心網原善八郎で、三雪は前から手伝いに来ていた。朝比奈家では、朋から書を習っていた。

「手伝いを終えて帰ろうと思ったら、運ばれてきました」

と三雪は言った。

「容態は」

「厳しいです」

刺された傷痕は医師が縫ったが、深く刺されていた。内臓が傷つけられているのは間違いないとの話だ。もちろん、意識もなかった。

明日までもてば助かる可能性がないわけではないというのが、医者の診立てだった。

病間に入った凜之助は、女の顔を見て驚きの声を上げた。

「これは榛沢屋の女房お多代ではないか」

睦まじい夫婦にしか見えなかった女房が、密会の直後に刺された。信じがたい出来事だった。

第二章　贔屓(ひいき)の役者

一

凜之助は、日本橋本銀町の榛沢屋へ、小石川養生所の小者を走らせた。深夜であろうと、おかみの行方が知れないままならば、店では混乱しているだろう。

三雪と共に、凜之助はお多代の枕元に座った。お多代は苦し気に顔を顰(しか)めさせるが、意識はないままだった。息遣いも弱くて乱れている。

今にも止まってしまいそうで、はらはらした。

しばらくして羽左衛門とお由が、駕籠(かご)を走らせて小石川養生所の出入り口に着いた。父と娘は、蒼(あお)ざめた顔を引き攣(つ)らせていた。

「おっかさん」

病間に入ったお由は、お多代の姿を目にして息を呑んだ。嗚咽を漏らしながら、お多代の体に縋りつこうとしたが、三雪が止めた。

「なりませぬ。傷に触りますよ」

と厳しく告げられて、びくりとした様子でお由は手を引いた。凜之助と三雪が場所を空けて、枕元にお由が座った。

羽左衛門はその反対側に腰を下ろし、怯えた様子で、横たわるお多代の姿を見詰めていた。死を怖れているようにも、そうではないようにも見える。

お多代は密会の後で、襲撃をされた。亭主としては衝撃の出来事といっていい。心中穏やかではないだろう。

また羽左衛門がお多代の不義を知っていたとしたら、真っ先に犯行を疑われることになる。

「思いもかけぬ出来事であったようだな」

凜之助は、そう羽左衛門に声をかけた。反応に目を凝らした。

「ま、まことに」

驚きの目を向けながら、擦れた声で答えた。

「このようなことになったわけに、見当がつくか」

料理茶屋の前で、男と一緒に刺されたことは、伝えていた。

「と、とんでもない。いったい、何があったのでございましょう」

相変わらず、怯えた様子は変わらない。蒼ざめた顔だ。

「料理茶屋から男と出てきたところを、狙われたのだ。男も刺されていて、これは亡くなった」

「さ、さようで」

声を震わせた。凜之助は、羽左衛門の反応を凝視している。少しでも不審があれば、そこを責めるつもりだった。

密通をされた亭主の側からすれば、許せないことだろう。武家ならば妻を斬り捨てても問題ない。

けれども町人には、それは認められていなかった。ただ犯行をなしていたとすれば、取り調べでは考慮をされるだろう。

またまったく気づいていなかったら、腰を抜かすほど驚き、刺された二人を恨むに違いない。とはいえ少なくとも半年以上不義が続いていたわけだから、気配くらいは察していたのではないか。

「密通を、存じていたか」

「何か変だとは、感じておりました」

「問い質したり、調べたりはしなかったのか」

「信じておりましたので」

わずかに間を置いてから、震える声で答えた。お多代の行状について、調べなかったという証言だ。

「その方ら夫婦は、鴛鴦だと見ていたのだがな」

凜之助が言うと、羽左衛門は目に涙をためた。何か言おうとしたが、声にならなかった。

「襲った者に、心当たりはあるか」

「刺すほどの恨みを持つ者がいたとは、思えませんが」

いるとすれば誰よりも羽左衛門が怪しいが、今はその問いを控えた。もう少し調べてから当たりたかった。

不義を知らなかったのならば怒りがあるのは当然だが、あからさまに取り乱す様子はなかった。しかし動揺がないようにも見えず、そこらへんの心持ちについては、見当がつかない。

「男の懐には財布が残され、十両が入っていた。お多代が与えたかもしれないが、思い当たることはないか」

「その十両がどういういわれのものかは存じませんが、数日前に、お多代から十五両を求められて渡しました」

「使い道を聞いたのか」

「着物を買うとのことで」

お多代は、観劇に際しての着物は吟味していたとか。

「ではその方は、今日の七つ（午後四時頃）以降、どこにいたのか」

念のためだと断った上で問いかけた。

「店の裏手にある倉庫で、在庫の検めをしていました」

「一人でか」

「はい。ですが奉公人たちは、みな存じています」

疑われていると察したのだろう、多少の動揺はあった。怪しいとも思えるし、やってなくても疑われれば、平静ではいられないだろうとも思った。

不義を働いたお多代への怒りや恨みもあるだろう。

「お多代が今日、何のために外出したか存じているな」

「はい。木挽町の河原崎座へ芝居見物に出て行きました」

躊躇いのある口調だった。そのことについては、伝えられていた。毎月のことだと、つけ足した。

大店の女房が芝居好きだったとしても、それ自体は不自然ではなかった。ましてや、家付き娘だ。

亡くなった男は、なかなかの男前だった。

「あの者は、役者かも知れぬな。それについて、覚えはあるか」

「いえ。ございませんが」

羽左衛門は首を傾げてから答え、さらに続けた。

「お多代が芝居小屋に出入りして、特定の役者を贔屓にしていたことは存じておりました。ただどのような付き合いだったのかは、まったく分かりません」

その後で、お由を別室に連れて行き問いかけた。まだ目に涙をためていた。愛らしい器量よしの娘だった。

同性の三雪にも傍にいてもらう。その方が話しやすいだろう。

「芝居見物について、母ごは何か言っていなかったか」

「楽しみに、していました」

やっと聞こえる声だ。母親が襲われた衝撃は、大きいらしかった。

「贔屓の役者はいたのか」

「市村段蔵という、役者でした」

凜之助は、役者について詳しいことは分からない。初めて耳にする名だった。

「父ごと母ごは、不仲だったのか」

と問いかけると、お由は表情を硬くした。

「分かりません」

答えるのに、一呼吸ほどの間があった。両親の仲がどうなっているか、分からないというのはあり得ないだろう。十六歳にもなっている。

そういう言い方をするのは、不仲であるという意味に他ならない。

「二人の間に、何かあったのではないか」

同じことをもう一度、あえて声を押さえて問いかけた。

「喧嘩をしているところは、見たことがありません」

「仲が良かったということか」

「……………」

お由は答えなかった。喧嘩をしないからといって、夫婦仲がいいとは限らない。朝比奈家でも、松之助と文ゑは喧嘩などしないが、仲がいいとは言えなかった。

その夜は、羽左衛門とお由はお多代の看病をすると言った。すでに夜も遅かった。凜之助は三雪を伴って、八丁堀へ帰った。

話しながら歩いた。

「どのような事情があったのでしょう」

「調べはこれからだな」

「羽左衛門どのは、よほど酷いことを多代どのにしたのでしょうか」

「それが、亡くなった男に心を向けた理由というわけか」

「そうでなければ、こうなった責は、多代どのにもあろうかと存じます」

三雪は厳しいことを口にした。料理茶屋とはいっても、出合茶屋の役目を果たしている。お多代への同情は薄かった。

二

朝比奈屋敷では、松之助がまだ起きていて、鳥籠造りをしていた。すでに朋も文ゑも寝ているらしい。

酔ってはいないので今夜は小料理屋花見鳥へは行かなかった模様だ。竹を切って長さを整え、小刀で削って籤を拵えていた。

すべて同じ太さになっていて、見事だった。

文ゑが、花見鳥通いについて案じていることを、知っているのかいないのか。また案ずるようなことがあるのかないのか、鳥籠造りをする姿からは何も分からない。

問いかけてもいいが、松之助の前に出ると、気軽には口に出せない気がした。

鳥籠造りの、ただの老人ではない。元は南町奉行所の、強面の地回りも怖れる敏腕の定町廻り同心だった。

戻った挨拶をした凜之助は、池之端の料理茶屋前での襲撃事件について、見聞きしたことを松之助に話した。三雪の疑問にも触れた。

「順当に考えれば羽左衛門が怪しいが、今の段階では決めてかからぬ方がよかろう」

まずは殺された男が何者で、どのような恨みを買っていたかはっきりさせなくてはならないと付け足した。

「そこまでやっても、懐の金子には目もくれていないわけだな」

「そのようで」

「襲った者二人は、別の方向に逃げたわけだな」

「その方が、逃げやすいと考えたのでございましょう」

「よほどの恨みと見るべきだな」

物盗りが目当てでなくても、奪う金子があれば、盗ってゆくものだと言い足した。

犯行は、凜之助の受け持ち区域内で起こったのではなかったが、第一に駆けつけた同心であるとともに、被害者のお多代がいるので、探索を押し付けられるだろうとは覚悟していた。榛沢屋は町廻りの区域内にあった。

「榛沢屋の夫婦は、わしも覚えているぞ」

松之助は言った。

「どのような、夫婦で」

「表向きは睦まじそうだが、亭主の方が引いている印象だな」

悶着を起こしたわけではないので、深く関わることはなかったとか。

「人の心の内は、外から見えるものと異なることが多い。鵜呑みにはできぬ」

と松之助はつけ足した。

翌朝、凜之助が南町奉行所へ行くと、案の定、池之端の料理茶屋前の襲撃に関する探索に当たることになった。老練の同心は、面倒な事件については若手に押し付けることが多い。

「はっきり断らぬゆえ、そういうことになるのだ」

忍谷に言われた。忍谷は押し付け上手なだけでなく、断り上手でもあった。

「はあ」

「気持ちのどこかに、やってもいいというものがあると、受けることになる」

忍谷の言う通りだった。これで八丁堀や汐留川河岸に立って男を引く、娘たちの調べどころではなくなる。


忍谷にしてみれば、そちらに当たらせたかったのかもしれない。

お多代は危篤とはいえ、一夜を明かすことができたらしい。意識を取り戻せば、話を聞ける。ほっとした。

お由は一夜、看取りを続けたとか。

手早く町廻りを済ませると、凜之助はお多代が使う木挽町の芝居茶屋水(みず)さわへ足を向けた。

京橋木挽町は、三十間堀(さんじっけんぼり)の東河岸(ひがしがし)に一丁目から七丁目まであった。その中の五丁目、六丁目が芝居町で、山村座(やまむらざ)、河原崎座、森田座(もりたざ)の三座が役者の大看板を掲げ、色とりどりの幟(のぼり)を立てて興行を行っていた。

この三つを、木挽町三座と呼んだ。

寺社の境内などで行う宮地芝居とは、格が違った。三座の舞台に上がる者は、端役でも贔屓にする者がいた。

小屋の周辺には、色暖簾をかけた芝居茶屋が並ぶ。着飾った金のある常連は、ここから芝居小屋へ入った。他にも飲食をさせる店があり、屋台店も出て賑わった。

三座の芝居など高嶺の花という裏店暮らしの者は、掲げられた大看板を見上げ、このあたりの空気を吸う。

「あたしゃ大看板の役者と、同じ空気を吸ったよ」

と自慢をした。

今は興行中なので、人で賑わっている。大看板だけでなく、配役の名を記しただけの看板を見上げる者もいた。記された名の大きさが、その役者の格を示しているらしい。

木戸番が、立見席の見物客を募っている。

「これはこれは、八丁堀の旦那」

芝居茶屋水さわの敷居を跨いだ凜之助は、声をかけた。中年のおかみとは初対面だが、三つ紋の黒羽織だからか、愛想よく迎えた。凜之助が、お多代が男と共に池之端で襲われたことを告げると顔色を変えた。

「男の方は、刺されて亡くなったわけですね」

「そうだ。一突きだった」

「じ、実は」

おかみは、おろおろした顔で告げた。

「役者の市村段蔵さんが、昨日から帰っていないんです」

河原崎座では、開幕の刻限になっても段蔵が姿を見せないので、騒ぎになった。脇役でも、いなければ幕は開けられない。

市村屋の者が捜しに来て、それでおかみは段蔵の行方不明であることを知った。

「舞台に穴をあけるなんて、あっちゃならないことです」

「なるほど。段蔵は脇役でも台詞（せりふ）のある役だったのだな」

「ええ、それなりの台詞がありました」

主役を引き立てる大事な役どころだ。そこで急遽（きゅうきょ）、代役を立てることになったらしい。突然のことだったから、小屋は大騒ぎとなった。死に方も衝撃だった。

昨日のお多代の様子と動きについて説明をさせた。お多代はいつも、芝居茶屋水さわから小屋へ入っていた。

「辻駕籠でお越しになって、たいそうご機嫌でした」

「段蔵の出る芝居を観たわけだな」

「はい。段蔵さんが出る芝居は、必ず観にいらしてました」

「観終わった後は」

「それは」

躊躇った顔をしたが、こうなっては話さないわけにはいかないと考えたようだ。

「二人で、会っていたようです」

お多代が贔屓にし、段蔵がそれに応えたという形だ。

「では、金子を与えたこともあるわけだな」

「それはあったと思います」

金のある客は、多かれ少なかれ贔屓の役者に金品を渡した。それがあるから、役者もついていった。

「お多代と過ごした段蔵も、それが目当てだったわけだな」

懐にあった十両のことを頭に浮かべながら、凜之助は言った。

「そうでしょうね」

おかみは否定をしなかった。

「銭金で繋がっている間だな」

「まあ」

「お多代はそれを承知していたのか」

「おそらく」

「それでよいのか」

「金子が続く限りは、相手は離れません。気に入らなくなったり厭(あ)きたりしたならば、切り捨てることもできます」

「なるほど」

凜之助には、理解できない考えだ。

「段蔵とは、どういう役者か」

「市村屋の一門の役者です。築地(つきじ)の南小田原町(みなみおだわらちょう)にしもた屋を借りています」

二十七歳で、大看板に似顔絵が描かれるような大役者ではない。主役を張ることはないが、それなりに贔屓客がついた役者だと告げた。

「脇役としては、いい役をもらっていました」

「これから伸びる役者か」

「そうだと思います。お多代さんは、これから伸びる役者を応援するのがお好きだったようで」

お多代とは、一回り歳下だ。

「一人で暮らしているのか」

「いえ。助次さんという人が、お世話をしています」

「どういう者か」

「役者だった人です」

市村屋の端役をしていて、芽が出なかった。舞台に立つことはあきらめて、段蔵の世話をしているとのこと。段蔵よりも二つ上の二十九歳と知った。

助次という名は、昨日料理茶屋で聞いた。段蔵らが来ることを伝えた者の名だ。凛之助は、築地の南小田原町の段蔵の家へ行った。

西本願寺（にしほんがんじ）と江戸の海に挟まれた町である。自身番で聞いて、住まいを確かめた。それなりにきちんとした住まいだ。庭も狭いが整備されている。しかし助次は家にいなかった。

「そうか」

池之端の料理茶屋へ行ったのだと気がついた。前日に利用を伝えに来た本人だ。

そこで凛之助は、池之端へ足を向けた。

助次は、池之端仲町の自身番にいた。

「ええ、来ていますよ」

遺体は、自身番の裏手の部屋に安置されていた。線香が上げられている。その前で、呆然とした様子で座り込んでいた。

「助次だな」

「そうです」

凜之助が声をかけると顔を向け、そして頷いた。それなりの男前だが、どこか荒(すさ)んだ気配も感じられた。

「遺体は、役者の市村段蔵に相違ないな」

「はい」

これで殺された男が、役者の市村段蔵だとはっきりした。

「こんなことになるとは」

助次が呟いた。

三

凜之助は、助次に問いかけた。

「段蔵は昨夜から戻らなかったはずだが、気にはならなかったのか」

「気にはなりましたが、御贔屓さん次第で、帰りが朝になることはたまにありました」

助次は、気落ちしたままの様子で答えた。段蔵が亡くなると、仕事もなくなる立場だ。

「小屋へ出る刻限になっても戻らないので、慌てました」

そういうことは、これまでなかった。

「役を大事にしていた、ということか」

「はい。舞台に穴をあけると、役を貰えなくなります」

それは分かる気がした。派手な世界でも、そういうところは厳しいだろう。

「するとお多代とは、朝まで一緒のこともあったのだな」

「いえ、それはありませんでした」

さすがに老舗の商家の女房だ。そこまで勝手はできないだろう。

「では、誰か」

「他の御贔屓さんです」

「女だな」

「そういうこともありますし、大店の旦那さんや、御大身のお武家様のこともあります」

「女ならば、お多代は焼きもちを焼くのではないか」

「そういうときは、気づかれないようにやりました」

刺したのは、男だった。嫉妬に狂った女が、刺したのではない。しかし人を雇うことはできると思った。

「そういう贔屓の女は、どのくらいいたのか」

「そうですね。七人くらいでしょうか」

数える様子を見せてから、助次は答えた。もっといるかもしれないが、自分は知らないと言い添えた。

「お多代は、その中では金離れのよい客か」

「そうですね」

看板役者の贔屓筋ともなれば、高額の金子が動く。段蔵は、そこまではいかない。それでもお多代は、贔屓筋の中では、多額の金品を出してくれる太い客の一人だったとか。

「市村段蔵としては、大事な贔屓客の一人でした」

だから芝居の後でも、池之端まで出向きときを共に過ごした。

助次にしてみれば、主人が殺されていた。隠す気配はなかった。

七人の住まいと名、歳を聞いた。若い娘の名も二つあったのは驚いた。日本橋箱崎(はこざき)町(ちょう)の舂米(つきごめ)商い三益屋(みますや)の娘お民(たみ)、そして京橋西紺屋町(にしこうやちょう)の足袋屋両毛屋(りょうもうや)の娘お春(はる)だった。

「どうか、御内密に」

助次は一応そう言った。世間に広がれば、困る者もいるだろう。嫁入り前の娘ならば、なおさらだ。

「お多代は、何年も前から段蔵を贔屓にしていたのか」

「いえ、そうではありません。一年半くらい前からです」

「するとその前は、違う役者を贔屓にしていたのだな」

「そうでした」

「何という役者か」

主役級ではない役者が、無心して十両を出す贔屓客はありがたいだろう。もっと高額のときも、あったかもしれない。しかも何度もだ。

それを奪われたのならば、恨むだろう。

「いや、ちょっと。私の口からは」

言いにくいらしかった。確かに、容疑者の一人になる。

「これは殺しの案件だ。言わねばなるまい」

「中村新之丞という人でした」

ともあれ言わせた。段蔵よりも格下の役者だそうな。一時は段蔵と同格だったが、今は差をつけられた。台詞のある役は、めったに貰えない。

「他に段蔵を恨んでいる者はいないか」

金子は懐に残ったままだった。ここは抑えておかなくてはならない。

「それは」

困惑の表情になった。

「役者の世界には、いろいろなことがあります」

それはどこでもそうだろうと思いながら、凜之助は続きを聞いた。

「芝居の腕を磨くだけではありません。いい役を得られなければ、いくら腕を上げても、それまでのことです」

「なるほど」

いい役を得なければ名も上がらず、実入りも増えないという話だ。

「師匠の家の血筋に生まれれば恵まれますが、そうでなければ馬の脚から始めます」

「それは聞いたことがあるぞ」

「ですから、一門の師匠に気に入られなくてはいけません」

「機嫌を損ねると、いい役を得られなくなるわけだな」

「そうです。決まりかけていたよい役を、横取りをされることもあります」

悔しそうな口ぶりになった。芝居茶屋のおかみの話では、この男は役者をあきらめた者だとのことだった。

やめるにあたって、悔しいことがあったと推量できた。

「では、段蔵に役を奪われたと思っていたら、恨む者はいるであろうな」

「刺すほど恨むかどうかは、分かりませんが」

「恨んでいそうな者の名を挙げてみろ」

「いや、胸の内のことは分かりません」

それでも四人名を挙げた。その中には、すでに役者をやめた者もいた。一時は同格だったという中村新之丞の名もあった。

「襲った賊は、二人だと見ている。思い当たる者はいるか」

「いやそれは」

首を振った。言いにくいのは間違いない。ただすでに名の挙がった者たちで、組むことはあるだろうと考えた。

「その方が、段蔵のところにいるようになったわけは」

「私は市村屋での兄弟子でして」

共に芝居の世界には血縁はなかった。憧れて弟子入りをしたのである。

「段蔵さんは、それでも舞台に上がれて、脇とはいえいつも役を貰えるようになった。贔屓の客もついた」

「その方は、役が付かなかったわけだな」

「そうです」

段蔵については、凜之助は苦悶の顔しか見ていない。しかし常の顔ならば、段蔵の方が助次よりも男前だと思われた。

「段蔵さんは、私を使ってくれたんですよ」

役者が役者をやめたとき、他に使い道があるとは思えない。

「では、恨みなどないわけだな」

「もちろんですよ。ありがたいと思っていました」

助次は慌てて手を横に振った。

「その方は、昨日の夕刻以降、何をしていたか」

「それは」

一瞬戸惑ったが、すぐに返した。

「三十間堀町の居酒屋で、飲んでいました」

検死も済んでいたので、助次に遺体を引き取らせることにした。

「弔いはどうするのか」

「市村屋で、することになります」

殺された側とはいえ、密通の上での出来事だった。ごく内輪なものになるだろうと言った。

四

凜之助は、助次から聞いていた三十間堀町の居酒屋へ行った。木挽町とは対岸にある町で、売れない役者のたまり場でもあると木戸番小屋の番人から聞いた。

黄ばんだ品書きが、壁に貼られていた。初老の女房は、助次を知っていた。よく来るらしい。

「ええ。昨日も助次さんは、来ていましたよ。暮れ六つの鐘が鳴る前から、半刻以上はいました」

と証言した。それならば、段蔵を刺すことはできなかった。

凛之助はこれまで考えもしなかったが、助次から聞いて、役者の世界もいろいろあるのだと知った。そして犯行を行った二人の賊について考えた。

共謀をした二人は、別々に段蔵とお多代を刺したと考えられる。襲った者たちは、段蔵とお多代をそれぞれ恨んでいる者だ。真っ先に思い浮かぶのは羽左衛門だが、それ以外にもう一人いることになる。

役を奪われただけの者ならば、お多代を襲う理由がない。またお多代に嫉妬する者ならば、段蔵を刺す必要はないだろう。

ただ愛しさが高じて恨みになることもあるから、無関係ともいえない。

「助次が名を挙げた中で真っ先に怪しいとなれば、それは中村新之丞だな」

凛之助は呟いた。役を奪われた上に、贔屓客だったお多代も奪われた。

奪った段蔵と去っていったお多代を、恨んだのは間違いない。これについて、当ってみることにした。

凛之助は、再び芝居茶屋水さわへ行って、おかみと会った。殺されたのが、段蔵だったことを伝えた。そして改めて、段蔵や新之丞について尋ねることにした。

「そうですか、やっぱりねえ」

顔を曇らせた。

「あの人も、いろいろ恨みを買っていたのかもしれませんね」

助次と同じようなことを口にした。

「でもそういうことは、この世界じゃあ珍しくはないですよ」

とも言った。そして凜之助は、中村新之丞の名を出した。

「あの人は、芝居を続けていますねえ。あきらめてはいない」

おかみは言った。大看板中村屋与左衛門の弟子で、端役ならば貰えていた。

「歳は段蔵さんよりも三つ上ですね」

看板には、段蔵よりも小さな文字だが名が載った。中村屋と市村屋は一門なので、役を分け合うことは珍しくないそうな。

「お多代は、新之丞から段蔵に乗り換えたと聞いたが」

「ええ、そうでした」

二年前のことで、よく覚えているとか。その顚末を話させた。『本朝廿四孝』という芝居で、二人はよい役を競い合った。

「段蔵が、その役を得たわけだな」

「そういうことです。新之丞さんは、それからはよい役が付かなくて」

後ろ盾のない役者は、そうなるとなかなか浮かび上がれない。

「多代さんも、落ち目の役者は好きではないようで」

「まあそうかもしれぬが」

段蔵の方が、これから伸びる可能性があった。

「あの人は、切るとなったらあっさりしています。見向きもしませんでした」

新之丞はお多代に言い寄ったが、相手にされなかった。

「それでも言い寄ったので、お多代さんは本家の与左衛門さんのところへ苦情を言いに行きました」

「それで新之丞は、諦めさせられたわけだな」

「まあ、そんなところでしょう」

力で押さえつけられた形だ。

「では新之丞は、段蔵だけでなくお多代も恨んだであろう」

「そりゃあそうでしょう。段蔵さんとは口もきかなかったと聞きます」

「では、以来不仲が続いているわけだな」

「いやそれが、この数か月はそうでもないようですが」

「仲直りをしたのか」

「助次さんが、仲を取り持ったと聞いています」

三人は、同じ頃に修業を始めた者同士だ。とはいっても、仲がよさそうにしているからといって、腹の底は分からない。

「すると段蔵の代役だが、新之丞がすることになるのか」

思いついたので訊いてみた。

「ないとは言えないでしょうね」

大事な役だが、長台詞があるわけではない。芝居を見続けている役者ならば、「やれ」と言われればやれるだろうとおかみは言った。

二言三言の台詞しかない役者ならば、喜んでやるだろう。

凜之助は、河原崎座の小屋へ行った。段蔵が殺されたとはいっても、脇役だから興行は行われる。一時混乱はあったにしても、代役は決まったらしい。

出入りの者に訊くと、新之丞は段蔵の代役に抜擢(ばってき)されたとか。

凜之助は十手(じって)を示して、楽屋へ入った。新之丞は、大部屋の鏡の前にいた。すでに上半身裸になって、首の下まで白粉が塗られていた。

「段蔵さんが亡くなったのは、残念なことだと思います」

まずそう言った。そして凜之助が問いかけをする前に続けた。

「私は段蔵さんの役を、きっちりとこなします」

悼むというよりも、これからの役のことに気持ちが向いていた。その姿だけでは、犯行に関わったかどうか分からない。代役を得られると考えていたら、これまでのことも含めて、手を下すことはあると思われた。

「昨日の夕刻から後、どこで何をしていたのか」

「私の部屋にいました」

新之丞は木挽町四丁目の師匠の住まいの裏手にある離れ家に一部屋を貰って暮らしていた。離れ家には、他の弟子たちの部屋もあった。

その自室で、台本を読んでいたというのである。

凜之助は裏を取るために、その離れ家へ行った。居合わせた同じ離れ家の者に問いかけた。

「夕暮れどきには、見かけました。部屋には、明かりがついていました」

ただそれ以後は、誰も顔を見ていなかった。離れ家の周囲を歩いてみた。母屋を通らずに、裏木戸から外へ出ることができた。

今の段階では、犯行は可能だったことになる。

五

こうなると中村新之丞は、重要な人物になった。

そこで凜之助は河原崎座の小屋へ戻り、師匠の中村与左衛門の楽屋へ行き、直に問いかけた。

与左衛門の楽屋は個室で十畳の広さがあり、床の間もついていた。衣装が衣紋(えもん)掛けに下がっていて、大きな鏡台そして贔屓筋から贈られた花が飾ってあった。

顔の隈取(くまどり)も、七割方ができていた。

「なるほど」

与左衛門の顔は大看板で見ていたが、直に見ても迫力があった。

「お役目、ご苦労様でございます」

丁寧な挨拶をしてきた。

「段蔵が刺殺されたことについては、まことに無念でございます」

神妙な口調で続けた。

「驚いたであろう」

「はい」

段蔵の通夜は、今夜一門で行うと告げてきた。ただ被害者とはいえ、不義による死亡でもあるので、身内だけで密（ひそ）やかに行うと付け足した。凜之助にしても、納得のゆく対応だと思った。

「段蔵と贔屓の方々の関わりについては、何も存じません」

きっぱりと言われた。すべての弟子の行状を、師匠は把握していないという話だ。弟子の方も、いちいち話さない。

「まあそうだろう」

と思われた。話したくないことはあるだろうし、いちいち伝えられたら煩わしいに違いない。

「榛沢屋の女房で、お多代という者を知っているか」

「段蔵の、この度の相手だとか」

それは聞いているらしい。

「この女房について、何か知っているか」

これは念のために訊いた。

「ずいぶん昔に、耳にしたような気がしますが」

はっきりしたことは思い出せない様子だった。

お多代は、羽左衛門と祝言を挙げる前から芝居小屋には通っていた。それで何かの折に耳にしたのか。

さらに凜之助は、一番気がかりだったことを尋ねた。

「段蔵の代役を新之丞がすると聞いた。それは前から決まっていたのか、今日になって決まったのか」

「前からです。芝居に穴をあけるわけにはいきません。何かあった場合のために、代役になる者を決めておきます」

「しかし揉めたと聞いたぞ」

「推してくる、贔屓筋がありました」

迷惑そうな顔になって言った。そういうことはたまにあるらしい。役が欲しい若手が、贔屓筋に泣きつくのだ。

「しかし代えなかったのだな」

「はい。決めていたことですので」

もし段蔵に何事もなければ、役は回ってこないで終わる。

「段蔵の代役は、いつも新之丞となるのか」

「そのときによります。今回は新之丞でした」

代役のための稽古もしていた。ならばこの度の事件は、新之丞にとっては、よい役につける好機だったことになる。

「新之丞も、それを知っていたわけだな」

「もちろんです」

台詞も諳んじていただろうと、与左衛門は言い足した。

段蔵に何事もなければ、代役のためにした稽古は無駄になる。けれどもそれが、芸の肥やしになるという考え方だった。

「新之丞と親しくしていた者は誰か」

襲ったのは、二人だった。

「それは私には分かりません」

市村屋の役者にでも訊いてくれと告げられた。ともあれ代役が事前に決まっていたこと、そして新之丞がそれを知っていたことが分かったのは収穫だった。

「下手人を、一日でも早く捕えていただきたく存じます」

凜之助が引き上げようとすると、与左衛門は言った。昨日夕刻以降、与左衛門は贔屓客と料理屋で飲んでいたとか。料理屋の名も、一応聞いておいた。

舞台に立つ役者は、落ち着かない様子なので、市村屋の役者で今回は舞台に立たない者を聞いて、凜之助は問いかけをした。

市村段五郎という役者だ。

段蔵とほぼ同じくらいの格で、歳はやや上だった。段蔵とお多代のことは、よく知っていた。

「まあ、恨みや妬みは、いろいろなところであります。配役や金子、御贔屓さんの奪い合い。刺されるほどの恨みかどうかはともかく、誰にでも多少はあると思います」

声かけられた段五郎は、そう答えた。

「その方にもか」

「ございます」

動じる気配はなかった。

「段蔵を恨むとしたら、役者か」

「そうとは限りません。段蔵は、女の扱いが上手でした。気持ちをくすぐるようなことを、台詞のようにすらすら言えました」

「女の贔屓客が、多かったのだな」

「どこの役者にも、そういう者はありますが、あいつは多かった」

「助次は、聶𡋽の女の名を七人挙げていたが」

「それよりも、多いかもしれませんね」

段五郎は小さく笑った。

「お多代は、それを分かっていたのか」

この問いは、他でもした。得心がいかないことだからだ。

「それはそうでしょう。小屋へ入ればやり取りを目にするでしょうし、あれこれ噂も耳に入るはずです」

「妬まぬのか」

「あなたが一番だと告げます」

「……………」

「気持ちをくすぐるのです」

「それで満足するのか」

「満足させるのです。こちらは役者ですから」

「ううむ」

「ただ榛沢屋のお多代さんは、事実一番かその次くらいではあったと思いますよ」

一年半続いた太い客で、これからも出させることができると付け足した。段蔵は、熱意を込めてご機嫌取りをしただろう。

「お多代は、前は新之丞の贔屓だったそうだな」

「そうです。お多代さんは、これから伸びそうな役者を後押しして、大きくしたいという気持ちがあるのでしょう」

すでに大看板となっている役者には、関心を示さない。

「段蔵の方が、伸びると踏んだのだな」

あっさりと乗り換えたという話は聞いていた。

「段蔵には、新之丞よりも勢いがありました」

「お多代は、若い頃からそうか」

「そうですね」

「新之丞の前は、何という役者だったのか」

その者も、見限られて恨んだかもしれない。

「はて、誰でしたっけ」

思い浮かぶ顔はあるが、はっきりは覚えていないとか。何人かの役者の名を挙げた。

「初めは、片岡團之助でした」

これは覚えていた。

「どこかで聞いたような」

「それはそうでしょう。後に大看板の役者になりました」

何年も前のことだが、そう言われてみると思い出した。芝居に疎い凜之助でも、小屋に掲げられた大看板で見たことがあった。

「しかしその役者は、亡くなったと思うが」

読売で急死が伝えられ、評判になった。

「そうです。六年前に流行病に罹って、帰らぬ人になりました」

「せっかく贔屓にして、そこまでにして、がっかりしたであろうな」

「そうでしょうね。思いは強かったでしょう」

「それでまた、これからの役者を贔屓にしようとしたのだな」

「まあ、そんなところでしょう」

「すぐに新之丞ではなかったわけだな」

「ええ。そうそう、二人ですね。間にありました」

ようやく思い出したらしい。

「その役者はどうした」

「一人は、格上の役者を刺しました」

そうとう意地悪をされたらしい。堪えられずに出刃包丁を持ち出した。刺された役者は亡くなりはしなかったが、刺した方は、流罪になった。

「もう一人は、役を争って負けました」

「新之丞と同じだな」

「そうです。その役者は、芝居の世界から抜けました」

「ではお多代を恨んでいないか」

「恨んではいないでしょう。その男は小間物屋の婿に納まって、今はうまくやっています」

贔屓にした女のもとに、転がり込んだという話だ。お多代は捨てたが、その女は拾った。

ここまでの聞き込みからすると、怪しいのは新之丞だった。

六

それから凜之助は、小石川養生所へ足を向けた。お多代の容態がどうなっているか気になった。

意識が戻っていれば、話を聞けるかもしれない。

養生所には、三雪が朝から来ていた。一人だけの部屋で寝ているお多代の、枕元にいた。

「まだ気が付きません」

折々苦しそうに顔を歪めるが、それだけだという。呼吸も弱いとか。医者はこのまま亡くなることもあると告げたそうな。

「羽左衛門と娘のお由は、どうしているであろうか」

「寝ずの看病をしていました。羽左衛門さんは昼過ぎまでここにいましたが、店のことがあるというので、今は戻っています」

お由はここに残っているが、別室で仮眠をとっているそうな。

「慣れぬことをしたようで」

「まあ、そうであろう」

大店の一人娘ならば、病人の看病などしたことがなかっただろう。

「二人の様子で、気になることがありました」

「何か」

「私の見る限りですが、ほとんど話をしませんでした」

「不仲、ということか」

「はっきりとはいえませんが、父娘なのに、よそよそしいような」

とはいえ、お多代はとんでもない状況にいる。動転しているということもありそうだと、三雪は言い足した。

「他に羽左衛門について、気になる様子はなかったかな」

「どこか怯えた様子はありましたが、よくやっていました」

不義の女房なのに、世話を焼いたことになる。あるいは、自らが手を下したかもしれない女房だ。

犯行を隠すためにやっているとも考えられる。

もう一歩進んで考えると、止(とど)めを刺す機会を捜していたとも受け取れる。快復して、襲ったことを証言されてはかなわない。

そう考えてどきりとした。何事もなかったからいいが、場合によっては養生所でお多代の命が断たれたかもしれない。

今夜も羽左衛門が残るならば、配慮が必要だと思った。何を考えているかは、分からない。

「娘のお由は」

「やはり傍についていましたが、泣いていることが多かったようで」

母親のとんでもない状態を知って、衝撃があったのは明らかだ。傍にいるのは介護というよりも、己の衝撃を抑えかねているからと受け取れた。

起きていたら、夫婦のことについて尋ねたかったが、それはできなそうだった。今日のところは寝かせておいて、明日にも尋ねることにする。

お多代を見詰める眼差しは慎重だ。手早くお多代の額に浮いた脂汗を、拭きとってやる。

「羽左衛門は、また来ると申したのだな」

「はい」

「泊まるのか」

「そうかもしれません」

「ならば、大部屋へ移してもらえぬか」

「なぜでしょう」

そう問いかけてから三雪は、はっとした顔になった。

「何かを、するかもしれないからですね」

「ないとはいえまい」

手を下していたのならば、生き返られては困る。人の目があるところに置くべきだという判断だった。

「今夜は、私が泊まります」

「いや、それには及ばぬ」

三雪に負担をかけるわけにはいかない。

「お多代殿は、生きるか死ぬかでございます。お調べのためではございませぬ」

三雪らしい言葉だった。また何かあったら、昼夜を問わず知らせると言った。

凜之助はいったん町奉行所へ戻り、年番方与力に調べの模様を伝えた上で、八丁堀の屋敷へ帰った。

すると朋が、傍へ寄ってきた。

「松之助と文ゑの間に、何かあったのであろうか」

と問われた。声を落としていた。

「母上に、何かありましたか」

どきりとして逆に訊いた。

「何もないがな。文ゑの様子が、ここのところどことなくおかしい」

朋は、何かを感じているらしかった。気になるならば自分で文ゑに尋ねればいいのだが、それはできない。

嫁と姑には、それぞれの意地がある。

「何か分かっているのなら、教えてほしい」

そう告げられて、凜之助は困った。分かっていても、話すわけにはいかない。文ゑはそれを望まないと分かるからだ。

とはいえ朋は、面白がっているのではなく案じていた。先月朋が心の蔵の発作で苦しんだときには、文ゑは精いっぱいの看護をした。

「気を付けて、見てみます」

とりあえず、それで済ませた。凜之助が定町廻り同心として掛かっている調べから比べれば、取るにたらない出来事だが、文ゑにとっては大事件なのは明らかだった。

凜之助は、松之助の部屋へ行き帰宅の挨拶をする。鳥籠は、部屋に入るたびに仕事が進んでいた。

前とは、少しずつ意匠が変わる。小鳥商いの商人が、高値で買い取る理由が分かった。

松之助はその利で、花見鳥で心置きなく酒が飲めている。朋にも文ゑにも実入りがあり、三十俵二人扶持の朝比奈家ではあるが、内証にはゆとりがあった。

文ゑの心のざわめきをよそに、松之助はいつもと変わらない様子だった。花見鳥について訊いてみようかと考えたが、それは気が重かった。撥ね退けられるかもしれないし、とんでもないことを聞かされたらと、心の準備ができていなかった。

凜之助はお多代の容態と、今日の調べの詳細について伝えた。それから胸にある仮説を松之助に話した。

「襲った賊は、二人と考えられます」

「今摑んでいる状況からすれば、そうなるな」

松之助は、仕事の手を止めずに答えた。

「それは羽左衛門と新之丞ではないかと推察します」

確証はない。ただどちらも、犯行の刻限の動きについては疑わしいものがあった。

「違うとは言えぬが、羽左衛門と新之丞はどのように関わったのか。知り合う余地は、ないようだが」

もっとな指摘だった。

「羽左衛門が、捜したのかもしれませぬ」

「ならばその証を、摑まなければなるまい」

必読のエッセイ

塩谷舞
ここじゃない世界に行きたかった

世界を閉ざさず本当に求めるものと出会うためには？ Xフォロワー11万人のエッセイストが綴る、美しいもの、生活、求愛、働き方

●902円
792220-7

斎藤明美
高峰秀子の引き出し

昭和の大女優は、夫との慎ましやかな日常を何より大事にした。数々の思い出と宝物が詰まった引き出しを開けていく、珠玉のエッセイ

●847円
792221-4

原島由美子
箱根駅伝を伝える
テレビ初の挑戦

いまやお正月の風物詩となった、箱根駅伝。1987年、初めてテレビ中継に挑んだテレビマンたちの奮闘を描く傑作ノンフィクション

●1210円
792222-1

紀蔚然 舩山むつみ訳
台北プライベートアイ

大学教授を辞め私立探偵の看板を掲げた呉誠は連続殺人の容疑者に擬せられ、冤罪をはらすべく自ら真犯人を見つけ出すことを誓うが……

●1375円
792223-8

小池真理子選
精選女性随筆集
白洲正子

人生諸般への鋭い洞察。小林秀雄、青山二郎らとの交流。能の素養に基づく古人への追慕。白洲正子入門かつ決定版といえる随筆集

●1100円
792224-5

松之助の言い分はもっともだ。明日の調べの中心になるだろう。

「段蔵とお多代を襲ったのが羽左衛門だとして、得心が行かぬことがあります」

もう一つ、凜之助は松之助の考えを聞いておきたいことがあった。ずっと、気持ちの底に燻（くすぶ）っていた。

「何か」

「お多代は、不義密通を行っていました。武家ならば斬り捨てられても仕方のないことです」

「それはそうだな」

「町人でも、刺殺しても情状の酌量があると存じます」

「あえて隠すことはないというわけだな」

「そうです」

「しかしな」

松之助はわずかに考えるふうを見せてから続けた。

「女房に不義をされた商家の主人が、腹を立てて自ら刃を握った。同情はあるだろうが、店の印象はどうか」

「もっともと思う者もいるでしょうが、血なまぐさいと感じる者もいるやと存じます」

「他の者が手を下して、己は辛い思いをした主人となる方が、後々の商いには都合がよいのではないか」

「そうですね」

いろいろな考えがある。さらに洗わなくてはならない。

七

同じ日の夕刻、忍谷は南八丁堀河岸で、浪人者と町の破落戸数名の間で悶着があったとして呼び出しを受けた。

破落戸が大怪我をした。

「面倒なことをしやがる」

と舌打ちが出たが、行かないわけにはいかなかった。まだ強い日差しが西空に残っている。蟬の音は消えず、拭いても拭いても汗が滲み出てきた。

南八丁堀河岸に着いて、知らせを伝えてきた土地の岡っ引きから話を聞いた。薄闇が、水面(みなも)や土手をすっかり覆っている。

「近頃夕刻から、河岸で立っている娘に、破落戸三人が絡んだのですよ」

面白がってやったらしい。

早晩、そういうことはあるだろうと考えていた。凜之助に、押し付けようとした案件だった。

「娘は、逃げなかったのか」

「逃げようとしたのですが、相手は三人でした」

逃げられず、腕を摑まれて倉庫の裏手に連れていかれた。見ていたのは、たまたま通りかかった、近所の桶屋の隠居だった。

隠居からも話を聞いた。

「私には、とても止められませんでした」

人に知らせに行こうとしたが、恐怖で足が動かなかった。

「そこへ浪人者が、現れたんです」

浪人者は一人だった。

「呼んだわけでもないのに、現れたわけだな」

「そ、そうです。三人を相手にして、刀を抜きました」

「その間に、娘は逃げたわけだな」

「はい」

浪人者は、破落戸の一人の肩を峰で打って骨を砕いた。そしてもう一人の太腿の骨を折った。

「あっという間のことでした」

太腿の骨を折られた破落戸は動けなかったが、他の二人はこの場から逃げ出した。一人だけ残って、この場にいた。

岡っ引きは、後ろ手に縛って自身番の土間に転がしていた。応急手当だけは、してやっていた。

「あ、あんなのが出てきやがるとは、思いもしなかった」

残された破落戸は、痛みに顔を歪めながらそう言った。共に襲った二人は、数日前に京橋の近くで知り合っただけの者だとか。

「名乗りはしたが、本当の名はどうか分からねえ」

と話したのである。面白ければ、銭になるならば、何にでも手を貸す輩だ。危なくなれば、仲間を見捨てて逃げる。

「浪人者は、善意で手助けをしたのであろうか」

それは分からなかった。

「浪人者は少し娘と話をしてから、そのまま引き上げました」

桶屋の隠居はそう言った。浪人者とはいっても、不逞の者ばかりではない。たまたま通りかかっただけとも考えられる。

「では浪人者は、金品を求めるような真似はしていなかったわけだな」

「そうです」

桶屋の隠居は引き上げさせたが、忍谷は、捕らえている破落戸にさらに問いかけをした。

「娘をどうにかしようとしたのは、今日が初めてか」

「そうじゃあ、なかった。地回りみたいなのが出てきたら、面倒だと思った」

三日の間、様子を見ていた。浪人者も含めて、地回りふうは現れなかった。

「それで、遊んでやろうと三人で話したんだ」

稼いだ銭を奪って、うまいことをしようとしたのである。娘たちは毎日必ずこの場へ来るわけでもないし、同じ者でもなかった。刻限がずれる場合もある。

「娘たちを、差配するような者はいなかったのか」

「ええと」

しばらく考える様子を見せてから、口を開いた。

「その娘たちに、遊ぶではなく、声をかけるやつはいました」

「どのような者か。浪人者か」

「ち、違います。職人というよりも、遊び人ふうだったような」

娘たちは、その男には警戒をする気配はなかった。

「へらっとしたやつで、あれだったら、どうにでもなると考えた」

破落戸たち三人が、様子を見ていたのである。間違いないだろう。

「ではその遊び人ふうとは、何者なのか」

その男が、娘たちを束ねているのか。さらにその背後に、何者かがいるのか。

浪人者が、善意で娘を助けるとは思えない。だとすれば遊び人ふうと浪人者は、繋がっていると考えられた。

無宿者ふうの始末は、岡っ引きに任せた。

忍谷は、汐留川河岸へ足を向けた。とっくに日は落ちている。そういう娘が、立っていてもいい刻限だった。

川風が吹き抜けた。ようやく涼しいと感じた。

「おや、いるではないか」

騒ぎがあった直後なので、さすがにいないかと思ったが、暗がりに立つ女の姿が見えた。忍谷が近寄ろうとすると、その前に職人ふうの男が近づいた。

声をかけ、提灯で女の顔を照らした。

「何だ、婆あじゃねえか」

大げさに言うと、離れて行った。

「ふん。あたしの方が、安く遊べるんだ。いくら若くたって、丸太みたいじゃしょうがないだろ」

嗄（しゃが）れ声で女は返したが、男は振り返らない。

「うるせえ婆あ」

罵声を残して行ってしまった。

「ふん。おまえなんて、まともな娘は相手になんぞするものか」

腹立ちの声を返した。忍谷はそこへ近づいた。

「おい」

声をかけると、女が振り向いた。

「あたしと、遊ぶかい」

猫撫で声になって言った。提灯で顔をかざすと、間違いなくだいぶ薹の立った夜鷹だった。

忍谷の顔と身なりを見て、女は気まずそうな顔になった。夜鷹を追い払う同心や岡っ引きは少なくない。界隈の住人が、追い払ってくれと頼む場合もある。

「何だ、八丁堀の旦那じゃないか」

警戒をする顔になっている。

「あたしは、悪いことなんて何もしちゃあいないよ」

女を責めるつもりはなかった。夜の道に立つしか、食えない者たちだ。

「若い娘に、客を取られるのか」

「取られやしないさ。もともと、あいつらは、あたしらなんて相手にしない」

不貞腐れたような声だ。客層が違うと言いたいらしい。

「今夜は、娘が立っていないな」

「何か、あったんじゃないかい。近頃、絡むようなやつがいるから」

娘の夜鷹が知られて、おもしろがって絡む者が出てきた。もちろん、銭を払って遊ぶつもりで来る者もいる。

「場所を変えたのかもしれない」

「娘たちには、用心棒とか元締のような者はいないのか」

と尋ねてみた。同じ夜の道に立っているのならば、娘たちの様子を見ているのではないか。

今夜の南八丁堀の様子を耳にする限り、やはりそれなりの者が娘たちの背後についていそうだ。

「元締かどうかは知りませんがね。遊び人ふうや浪人者が、廻ってくることはありましたよ」

「いつも同じ者か」

「そういえば、そうだね」

「稼いだ銭を、持ってゆくのか」

「いや。そういうところは、見たことがないけど」

「しかし、やらされているのではあろう」

「そうかもしれませんけどね、娘たちは、怖がってはいないような」

「ほう」

その様子について、詳しく言わせた。

「気楽な口の利き方をしている。借金の形に、いやいや働かされているという感じではないような」

「今もそうか」

「この数日は、見かけないけど」

「喜んでやるのか」

「まさか、そうじゃないだろうけど」

しょせん若くして、春を鬻いでいる者たちだ。夜鷹の言う意味が、忍谷には分かりかねた。

「その遊び人ふうや用心棒の名は分かるか」

「ああ、呼びかけていたことがあったっけ」

「思い出してみろ」

「ええと。ああ、浪人者は島田(しまだ)とか呼ばれていた」

「遊び人ふうは」

「助次だったと思うけど」

「その二人は、どこで何をしている者か分かるか」

「そこまでは、知りませんよ」

全体像が少し見えてきたが、それはあまりにおぼろげだった。

第三章　一人娘の父

一

　翌日は、未明から雨が降った。けれども明るくなる頃には止んでいた。地面が濡れている分だけ、暑さが和らいだ。

　雲が消えると、強い日差しが町を照らした。凜之助は町廻りの後、本銀町の榛沢屋へ行った。

　お多代は、意識のないまま今朝を迎えたと、小石川養生所の三雪からの知らせを受けていた。三雪は泊まり込んで、看護に当たってくれた。

　昨日羽左衛門は、夕刻見舞いに行き、暮れてからお由と共に榛沢屋へ戻ったとか。

　そして昼四つ過ぎに凜之助が店に行くと、羽左衛門とお由は、別々に小石川養生所へ向かったと番頭から聞いた。

「おおむねのお指図はいただいております」

三十代半ばの番頭は言った。

「羽左衛門は、商いには抜かりがないわけだな」

「さようでございます」

迷いのない口ぶりだった。

「しかしとんでもないことがあったわけだからな、心穏やかではないであろう」

刺した側かもしれない。ならば調べの具合も気になるはずだ。

「それはそうかと思います。おかみさんが、刺されたわけですから」

「いや、刺されたことだけではあるまい。界隈では、鴛鴦夫婦としてしられていたわけだからな」

「はあ」

はっきりしない返事だった。驚きはあっても、密通の場での被害である。鴛鴦夫婦と告げられても、返事のしようはないだろうと、口にしてから気が付いた。

店の中にいれば、夫婦仲の実際がどうなのかは言われなくても感じるだろう。

「仲がよさそうに見えたのは、外から見るときだけか」

「そうですね、よろしくはなかったかと」

番頭は、遠慮がちに言った。主家の夫婦のことだから、言いにくいには違いない。とはいえ、死人の出た事件だった。

「隠さずに申せ」

として、夫婦仲について話をさせた。

「お二人は、しなければならない用事のことしか、お話になりません」

寝室も別で、食事を共にすることもなかった。

「そうであろうな」

「芝居見物やそのための御召し物を買うなどについても、旦那さんは一切何もおっしゃいませんでした」

「もし口を出したら、どうなるか」

「収まりがつかなくなると存じます」

「終(しま)いには、羽左衛門の方が、引くわけだな」

「さようで」

「いつからか」

「お由さんが、まだ幼かった頃からだと思います」

ずいぶんと長い。そういう夫婦があるのかと、凜之助は驚いた。

「では銭箱の鍵は、お多代が握っているわけか」

「商いの分は、旦那さんが見ています。ただ」

言いにくそうになった。

「申した方がその方のためであり、店のためではないか」

「おかみさんの従弟で、秩父屋利八郎さんという方がありますす」

二人が、姉弟のような間柄だと聞いた。利八郎は、金子の無心をしていた。

「その方から見て、利八郎の商いはどうか」

ここだけの話だと告げて言わせた。

「先を見る目がないようで」

それだけ聞けば充分だ。お多代は貸し渋る羽左衛門に、問答無用で迫るという話だ。

番頭にしても、腹立たしいことだろう。

「九十両か。その金子は、商いの中から出すのだな」

「さようで」

「これまでと合わせると六百六十両か」

額を聞いて驚いた。

「これは商いを揺るがすほどです」

その折のやり取りは、襖を隔てて廊下にいても聞こえたとか。

「不義密通の上に、親族の金の無心か」

利八郎は、困るとすぐに泣きついてくるのだとか。

「まったくもって、困ったものです」

返す気配はない。これまで、一文の返済もなかった。番頭はため息を吐いた。

「それならば、刺したくもなるか」

凜之助は胸の内で呟いた。

「婿というのは、辛いものだな」

「……………」

番頭は何か言おうとしたが、言葉を呑み込んだ。同情をしていたのかもしれない。

お多代よりも羽左衛門に好感を持っている様子だ。

さらに犯行のあった刻限に、羽左衛門がどこにいたかについても確認した。

「倉庫にいて、六つ半（午後七時頃）過ぎには帳場へお戻りになりました」

「その間、倉庫へは誰も行っていないな」

「行っていません」

「戻ったとき、血のにおいはしなかったか」

番頭はどきりとした様子を見せたが、驚いたのではなかった。

「気が付きませんでした」

時間的には、犯行が可能だ。

「では羽左衛門が、役者と関わることはないか」

新之丞を頭に入れての問いかけだ。

「それは、あるわけがございません」

当然だという顔で言った。

それから凜之助は、手代にも同じような問いかけをした。返答は、番頭とほぼ変わらない。羽左衛門のその日の動きについても、話が食い違うことはなかった。倉庫には、誰も近づいていなかった。

利八郎への貸金については、手代は薄々気づいていた様子だが、具体的なことは知らなかった。

「となると羽左衛門は、商いだけの毎日か。楽しいことは、なかったのであろうか」

「お酒は、外で飲んでおいででした」

「お多代はそれについて、何か言わなかったか」

「なかったようで」

帰りが遅くなっても、関心を示さないという話だ。

「どこで飲んでいたのか」

「それは」

首を横に振ったが、手代は知っている気配だった。

「飲む店を存じているのであろう」

「い、いえ。店ではなくて」

「ではどこだ」

問いかけてから、気がついた。

「女だな」

「ま、まあ」

手代が言ったことにしないとして、口を割らせた。

羽左衛門は、日本橋松島町のしもた屋に、おくらという女を囲っていた。小僧が、何度か使いに行っている。

声高に噂する者はいないが、奉公人たちは薄々気づいていた。おくらは、榛沢屋に奉公していた時期があった。手代ならば顔と名を覚えていた。

「お多代は、それを知っていたのか」

「御存知だったかもしれませんが」

騒ぎにはなっていない。

早速凜之助は、松島町へ足を向けた。そこは垣根に囲まれた、五十坪ほどの質素な建物だった。

「あの者だな」

三十をやや過ぎた地味な身なりの女が、洗濯物を取り込んでいた。お多代のような美貌も派手さもなかった。

傍に、六歳くらいの男児がいた。顔は、羽左衛門には似ていない。

凜之助は、近所の女房に問いかけた。

「おくらさんが越してきたのは、五、六年くらい前ですね。そのときはもう、お腹が大きかったっけ」

生まれる直前だったらしい。

「亭主は」

「どこか大きなところの番頭さんだって聞きましたけど」

亭主の名は、宇助だとか。

「番頭というのは、おくらが言ったのか」

「噂です。囲われているんじゃないかと、周りでは話しています。でもねえ」

女房は含み笑いをした。

「あの人は、囲われ者っていうような感じじゃあないけど」

華やかさがないということか。

「ずいぶん地味な暮らしに見えます」

たまに旦那と子どもが、庭で楽しそうに遊んでいるとか。子どもの名は宇吉だという。父の名を取ったわけか。

「宇助が羽左衛門ならば、お多代は邪魔でしかないな」

凜之助は呟いた。

二

三雪は小石川養生所で一夜を過ごした。お多代の傍で介護に当たったのである。

羽左衛門とお由は昨日、夜になって引き上げた。お由は養生所にいたがったが、疲労をしていた。また何かができるわけでもなかった。

医師と三雪がなだめて、羽左衛門が連れてきた辻駕籠に乗せて帰らせた。

羽左衛門とお由は、相変わらず余計な話は一切しない。

安否を気遣う言葉を交わす場面や、命が失われるかもしれない恐怖や不安を分かち合うことはなかった。互いに避けているように見える。

十六歳にもなれば、お多代が何をしていたか、分からないわけがない。父の心情を慮（おもんぱか）っているのかと考えたが、そうでもないと気が付いた。

お由の方が、拒絶している。

羽左衛門は用事を告げるが、返答を期待している様子はなかった。

「店に帰って横になった方がいい。疲れているだろうからな」

気遣いの言葉だったが、お由は羽左衛門にちらと目を向けただけだ。

すでに相当拗（こじ）れている印象である。帰るように説得したのは、医者や三雪だった。

羽左衛門は、女房や娘について何かを語ることはなかった。女房への怒りや恨みはあるはずだが、それを漏らすこともなかった。

そしてお多代の容態は、相変わらず重篤なままだった。意識は返らず、たまに湯冷ましを口に含むだけである。快復する気配は、まったくなかった。

「いつおかしくなっても、不思議ではない」

と医者に告げられていた。

凛之助にしたら、意識を取り戻させて証言を得たいところだろうと三雪は考える。役に立てるなら立ちたかった。

凛之助と祝言を挙げないかと、朋に薦められている。朝比奈家に嫁ぐことは、嫌ではない。ただ文ゑが薦めるお麓がいるので、どうなるかは分からない。

両家の話がまとまれば、そこに嫁ぐという考えだった。

添い寝をしていた三雪にしてみれば、お多代から苦し気ではあっても寝息が聞こえたのには安堵をした。


一夜明けて、三雪はまず凛之助に、お多代の容態を養生所の小者を走らせて伝えた。未明から降った雨は、明るくなる頃には止んでいた。

それからまず、お由が顔を出した。

「おっかさん」

縋るような声だった。心の底から、快復を願っている。そして間をおかず、羽左衛門も姿を見せた。

「お多代は、無事ですね」

まず問いかけられた。

羽左衛門も容疑者の一人になっているると聞いているので、慎重に様子を窺う。顔に疲れが出ているのは確かだった。

枕元に座るお由の反対側に腰を下ろすが、身を乗り出すようなことはしない。お由にやりたいようにさせている。

主家の娘と、奉公人に見えなくもなかった。

父と娘の顔は似ていない。お由は目鼻立ちの整った器量よしだが、羽左衛門は四角張った顔で、肉厚の低い鼻が上を向いている。

羽左衛門は、お多代に声をかけることはない。お多代がごくまれに呻き声を上げると、怯えたように目を向けた。

医者が、折々脈を測りに来る。

「乱れていますな」

夕暮れどきに来たときに、三雪にだけ言った。そのときだ。

「ああっ」

お由が声を上げた。医者と三雪、羽左衛門も、枕元へ寄った。お多代が、何か言おうとしていた。

苦し気な歪んだ顔だが、それでもどきりとするほど美しい。

しきりに何か言おうとしているが、なかなか声が出てこない。息が漏れるだけだった。

居合わせた者が、息を詰めてお多代を見詰めた。

微かに、声が聞こえた。

「な、何だ」

羽左衛門が体を乗り出した。ここでは、お由に遠慮はしていなかった。

お多代は、誰かの名を呼んでいるらしい。お由かと思ったが、そうではなかった。表情には、親しみというよりも憎しみが浮いているように感じた。

「うすけ」

と言っていた。

そしてお多代は、息絶えた。医者が腕を取り、脈を測った。そして顔を横に振った。

「おっかさん」

お由が、わっと泣き声を上げて体を揺すった。がくがくと体が動いただけだった。

羽左衛門は、体を硬くして何も言わなかった。というよりも、言えない様子だ。

少しして、我に返った様子になった。体から、力が抜けた。お由の泣き声が、部屋の中に響いている。

「うすけ、という名を呼びました。分かりましたか」

三雪が問いかけた。

「ええ。私が手代だった頃の名です」

「何を、言いたかったのでしょう」

「さあ」

額に、脂汗が滲んでいた。奥歯を嚙みしめている。嗚咽を堪えているのか、他に何か思いがあるのか。

そして羽左衛門は、遺体となったお多代を本銀町の榛沢屋へ移したいと言った。

この段階で、二人が刺殺されるという案件になっていた。榛沢屋と南町奉行所へは、知らせが走っていた。

三

亡くなった直後は動揺していた羽左衛門だが、輸送の手筈についてはてきぱきと調えていった。

凜之助は、同じ松島町にある、おくらと宇吉が住む借家の大家を訪ねていた。

「これは、殺しが絡む事件だ。そのつもりで答えろ」

とした上で、初老の大家に問いかけをした。

「あの家を借りているのは、榛沢屋羽左衛門だな」

「さようでございます」

定町廻り同心がやって来て、殺しの案件だと告げられた。さすがに仰天した様子だった。

凜之助は大家に、段蔵とお多代が刺されたあらましを伝えた。お多代が羽左衛門の女房だと教えると、「ああ」と声を上げた。

緊張していた。ここにしもた屋を借りるに至った理由を聞いた。

「私は七年前まで、薪炭の小売りの店で番頭をしていました。そのとき仕入れをしていたのが、榛沢屋さんでした」

だから羽左衛門とは、長い付き合いになるという。

「あの人は、商人としてやり手でしたね。約定をたがえることはないので、信頼をされていました」

その縁で大家になっても、薪炭は榛沢屋から買っていた。

「宇助というのは、当主になる前の名だな」

「そうです。代替わりして、主人の名を継ぎました」

「では、おくらというのは」

「女房っていうことではないですか。お多代さんとは、うまくいっていなかったようですから」

「そういう事情を、その方には話したわけだな」

「まあ」

大家は、店に行くことはない。薪炭は、小僧が大家の家とおくらのところへ運んできた。

「おくらさんは、前に榛沢屋で女中奉公をしていました」

「なるほど。ならば小僧や手代で、気づいた者はいるかも知れぬな」

「宇吉という子供の名を呼べば、気づくでしょう。顔は似ていませんが」

「五、六年前に、腹がだいぶ大きくなってから、越してきたのだな」

「そうです。その一年くらい前に、再会したそうで」

「再会だと」

事情を話すように告げた。

「おくらさんは、さらにその一年くらい前に、榛沢屋をやめていたのです」

「お多代がやめさせたのか」

「そう聞いています。お多代さんは派手好きで、ちやほやされたい質です」

「おくらは、ご機嫌取りなどしなかったのだろうな」

洗濯物を取り込んでいる姿を見ただけだが、地味な女に見えた。

「働き者ではあったのですが、合わなかったのでしょう」

「榛沢屋を出て一年ほどして、羽左衛門とおくらは再会したわけだな」

「そうらしいです」

「それで囲い者にしたのか」

お多代の暮らしぶりが見えてくると、子までなしたのも分からなくはない。とはいえ実直な羽左衛門としては、ずいぶん思い切ったことをした印象だ。

「いや。囲い者というと、銭金で言うことを聞かせたというように聞こえますが、そうではありません」

「どういうことか」

「再会したときには、すでにおくらさんの腹には、子どもがいたのです」

「えっ」

ますます分からない。

「おくらさんは榛沢屋を出た後、左官職人と所帯を持っていたのですよ。ところがご亭主は、暮らし始めてすぐに、仕事で高いところに登って、落ちて亡くなってしまったのです。そのときには、すでにお腹に子ができていました」

「なるほど。おくらとしては、困っていたわけだな。再会した羽左衛門が、力になったわけか」

「放っておけなかったのでしょう。そのときは羽左衛門さんにしても、辛いことがあり力を落としていました」

「何があったのか」

「一人娘のお由さんが、自分の子どもではないと分かったからですよ」

「えっ」

耳にした直後は仰天したが、考えてみればありそうな気がした。

「相手は役者だな」

予想がついた。羽左衛門とお由はまったく似ていなかった。

「そうらしいです」

「知った羽左衛門は、確かにめげたことだろう」

「婿でなければ、追い出したのでしょうがね。揉めれば、出てゆくのは自分となるでしょう」

「形の上では気づかぬふりをして、おくらと馴染んだわけだな」

「おくらさんは、落ち込む羽左衛門さんを支えたのですよ。たとえ口数は少なくても、気持ちは伝わるものですからね」

「なるほど。それで情が移ったのだな」

羽左衛門には、おくらの方が似合いかもしれなかった。お多代とは仮の夫婦で、おくらが心を繋げた女房ということか。

「お由は、羽左衛門には懐いていないようだな。実の父でないと知っているのか」

「分かりません。母親が、日々貶（おとし）めるようなことを口にし、態度にしていれば、蔑（さげす）むようになるのではないですか」

「なるほど」

こうなると凜之助は、お多代を刺したのは羽左衛門しかいないという気持ちになった。

それから六年余り。悶々として暮らしていたが、これに秩父屋利八郎の無心が加わった。その額は徐々に増え、減ることはない。

「お多代は、おくらや宇吉のことを、存じていたのであろうか」

「それでお多代さんと揉めたという話は聞きません」

お由のことがあったから、お多代はおくらと子どものことを黙認したのか。

「ただ話を伺って、腑に落ちないことがあります」

大家が言った。

「何か」

「羽左衛門さんは、役者も刺したのでございましょうか」

「そうではない。襲った賊は、もう一人いた」

「そうでございましょう。羽左衛門さんは、役者が憎いわけではないでしょうから」

段蔵は、お由の父親ではない。六年前は、別の役者を贔屓にしていた。殺したいほどの憎しみはないだろう。

凜之助は、おくらを訪ねた。三つ紋の黒羽織が現れて、驚いた様子だった。

「お多代が刺されたことは、存じているな」

当然のような口調で訊いた。ただ責める気配は出さなかった。

「はい。聞きました」

隠し立てはしなかった。訪ねてきた以上、羽左衛門との関わりはすでに知られていると考えたのだろう。

「変わった様子は、見えなかったか」

「驚いていました」

「それだけか」

「自分は、刺していないと言いました」

「そなた、問いかけたのだな」

「はい。私が、刺したのかと尋ねました」

「なるほど。信じるのか」

「私は、あの人を信じます」

見つめ返してきた。強い目力があった。おとなしくても、気丈な女らしい。

「羽左衛門に、役者の知り合いはいるか」

「いません」

「では知り合いに、役者と関わる者はいるか」

「お多代さん」

それは、求めていた答えではなかった。

四

凜之助がおくらの家を出たときには、だいぶ薄暗くなっていた。凜之助は、本銀町の榛沢屋へ足を向けた。

「小石川養生所から、何か言っては来ぬか」

「来ていません」

手代は答えた。そろそろ何かあるのではないかという気持ちがあった。

意識を取り戻してくれるのならばありがたい。羽左衛門が刺したとの証言があるならば、事件は一気に解決に進む。

不義密通の女房だから、無罪放免はないにしても、重罪にはならないだろう。問題は、もう一人だ。

だがここで、小石川養生所から知り合いの小者が駆けつけてきた。

「お多代さんが、亡くなりました」

「そうか」

ある程度覚悟はしていたが、いざこうなると失望は大きかった。

「何か、最期に話さなかったのか」

「それは、あっしには」

羽左衛門が戸板を用意して、こちらへ運ぶ手筈を調えているらしい。南町奉行所にも、連絡済だと分かった。

「ではおれも、小石川養生所へ参ろう」

凜之助は、夜の道を走った。息を引き取った折の模様を、早く聞きたかった。先を歩く者を追い越した。

小石川界隈に入ると、道を歩く者が少なくなった。養生所の木戸門を駆け抜けた。同心による検死は、すでに済んでいた。美しい死に顔を、凜之助は見詰めた。この女の一生とは、何だったのだろうかと考えた。

「思い通りに生きて、幸せだったのか」

奔放に過ごしていたようだが、心の内は分からない。

「運んでよろしいでしょうか」

すぐにも運び出せる態勢になっていた。

「かまわぬ」

羽左衛門の問いかけに、凜之助は答えた。

戸板に乗せたお多代の遺体が、運び出された。羽左衛門は、先頭に立って用意した松明を手にした。戸板の傍で、お由は蒼ざめた顔で歩いた。何度も転びそうになって、三雪が体を支えた。

榛沢屋では店の戸を開けたままにして、奉公人たちが待っていた。

「お多代、家に帰りつきましたよ」

羽左衛門は、遺体に声をかけた。すでに番頭らの手によって、仏を迎える支度はできていた。

話を聞きつけた縁者が、姿を見せた。秩父屋利八郎の姿もその中にあった。凛之助は顔を知らなかったので、あれがそうだと番頭から教えられた。

「ああ、こんな体になってしまって」

利八郎は遺体の前で涙を流し、大げさに嘆く様子を見せていた。凛之助と三雪は、線香をあげたうえで榛沢屋を後にした。

「世話になった」

凛之助は、最後まで付き合ってくれた三雪に礼を言った。そして最期の場面について、歩きながら話を聞いた。

「そうか。お多代は羽左衛門の元の名を呼んだわけだな」

「気持ちとしては、宇助の方が近かったのではないでしょうか」

「最期の言葉だからな。考えて口にしたのではなかろう」

羽左衛門に対して、どのような思いがあったのか。尋ねてみたいところだが、どうにもならない。

「その折のお多代の表情を見て、何か思ったことがあろうか」

「親しみというよりも、憎しみといったような」

三雪ははっきりと言った。

「刺されたことを、恨んだのであろうか」

「あの方が刺したのならば、そうかもしれません」

ただここまで歩いてくる中で、いろいろ考えたと三雪は口にした。それを聞かせてもらう。

「お多代殿は、芝居にのめり込みましたが、羽左衛門殿と相思相愛だったらどうなったただろうかと」

「それはなかったのではないか」

「ではお多代殿は、望まぬ相手を押しつけられたということになります」

「うむ。しかしそれは仕方のないことではないか」

祝言の相手は、親が決めるものだ。逆らうことはできない。逆らう唯一の手立ては駆け落ちだが、思いを寄せる相手の役者は話に乗らないだろう。

「さようでございますね」

ここで凜之助は、三雪にお由が羽左衛門の実の娘ではなかったことを伝えた。自分の子だとして、謀りの暮らしを続けさせられてきたのである。

「さようでしたか。ならば、許せぬ気持ちだったのでございましょう」

三雪は返した。

網原家の門前まで送って、凜之助は三雪と別れた。

今夜も、松之助は寝ないで鳥籠造りにかかっていた。凜之助の帰りを待っていたのかもしれない。

帰宅の挨拶をしてから、すぐに今日あった出来事の詳細を報告した。おくらや宇吉についてもだ。

「確証はありませぬが、羽左衛門がお多代を刺したのは、間違いないと存じます」

もう一人は、中村新之丞という予想だ。段蔵には恨みがある。また犯行のあった刻限での居場所が、あいまいだった。

「ううむ。そうか」

松之助は、作業の手を止めて腕組みをした。しばらく考えたところで、問いかけてきた。

「羽左衛門は店に戻ったとき、すでに亡くなっていたお多代に声をかけたのだな」

「確かに聞きました」

「それは、それらしく見せるために口にしたのか、自然に口から出たのか」

「分かりませぬ」

凜之助には、判断のしようがなかった。さらに問いかけが続いた。

「羽左衛門はもう、お多代にまったく未練はなかったのであろうか」

これも、凜之助には答えようのない問いかけだった。そこで凜之助は、考えたことを口にした。

「お多代さえいなくなれば、折を見ておくらと宇吉を、榛沢屋へ入れられるのではないでしょうか」

もう邪魔者はいない。お由や利八郎が何と言おうと、もう羽左衛門は憚（はばか）る者のいない榛沢屋の主人になる。

利八郎にも、金を貸す理由はなくなる。

「確かにそうなるが。あやつ、そこまで考えてのことなのであろうか」

それから松之助は、話を変えた。

「刺したのなら、相当の返り血を浴びたと思うが、その気配はなかったのか」

「ありませんでしたが、あらかじめ着替えを用意していれば、気づかれずに済むのでは」

その件については、松之助は納得したように頷いた。返り血に気づいた者はいなかった。

「もう一つ気になる」

「はい」

「今回の襲撃は、目にした者の証言から二人いたのははっきりしているわけだな」

「さようで」

「ならば二人は、知り合いだったと考えるべきだが」

「たまたま重なることが、ないとは言えませぬが」

逢引の場で、出てくるのを待ち伏せていたのである。段蔵とお多代は、気が緩んでいたはずだ。襲う側からすれば好機だろう。段蔵を狙う者と、お多代を刺そうとした者が、それぞれに襲う機会を狙っていた。

羽左衛門と新之丞では、どう考えても繋がらない。しかし松之助は、まずは共に企んでの襲撃と考えるのが筋道だと告げていた。

「そうかもしれぬがな、そこがはっきりせぬ限り、からくりが見えたことにはなるまい」

言われてみれば、その通りだった。

台所へ行くと、文ゑがいた。遅くなった夕食の支度をしてくれていた。

「父上は、近頃は夜の出歩きはなさそうですね」

凜之助は食事をしながら言ってみた。

「確かにないが、それはそなたが探索にかかっているからであろう」

文ゑはあっさりと口にしたが、事が済んだとは思っていない様子だった。凜之助は、飯をかっ込んだ。

五

同じ日、町廻りを手早く済ませた忍谷は、南八丁堀の河岸の道に立った。

素人娘が夜の町に立ち、客を引く。薹の立った夜鷹とは違うが、銭で春を鬻いでいるのは間違いなかった。しかもそれは、一人二人ではなく、数人はいると見られた。背後には、島田なる浪人者と助次という遊び人ふうがいることも分かった。

「それにしても、腑に落ちぬな」

と忍谷は呟いた。

娘たちに島田なり助次なり、あるいはさらにその先に元締なる者がいたとしても、少なくともこれまでは無理やりやらされているといった気配を感じなかった。助次らに対する接し方を聞く限り、隷属しているようには思えない。

決めつけはできないが、娘たちは己の意思で立っているのではないか。ならば今までにない形だと考えるのである。

「面倒臭い」

という気持ちは強い。余計なことはしたくないのが本音だ。とはいえ、昨日は破落戸が娘に絡み、島田なる浪人者が刀を抜いて大怪我をさせた。

「これだけで済むならば、かまわねえが」

そうはいかないだろうという気持ちがあった。

さらに土地の地回りが絡んでくると、このままでは済まなくなる。後で面倒なことになるならば、今のうちに片付けておいた方が楽だという気持ちだった。

夜鷹たちは、稼ぎの中から幾ばくかの銭を地回りに渡している。そうでないと追い出されるからだ。

また地回りは、若い娘のすることだから大目に見る、ということはない。素人の娘が、自ら春を鬻ぐというところにも関心があった。

「なぜだ」

理由が知りたい。

まず、土地の地回りのいるところへ行った。顔見知りの男が前の通りにいたので、忍谷は問いかけをした。

「知っていやすぜ」

男は苦々しい顔になった。

「そのままにしておくのか」

「そのつもりはありやせんがね。兄貴たちは何も言わねえ」

「その方らは、勝手には動けぬわけだな」

「まあ」

兄貴筋は、金子を得ていると思われた。

「ならば娘たちに何かあったら、手を貸すのか」

「いや、それも言われてはいねえですね」

放っておく、ということか。だとしたら、高額の金子は受け取っていない。

「助次という遊び人、もしくは島田なる浪人者を知っているか」

「助次ならば、知っていやすぜ」

たまに、兄貴筋の者と歩いているとか。やはり、という気持ちだ。

「何者か」

「木挽町あたりの、遊び人じゃねえですか」

「芝居小屋がある界隈だな」

「へえ。あいつ、役者崩れだと聞いたことがありやす」

歳は、二十代半ばから後半だという。

「男前か」

「そうかもしれやせんね」

面白くはないと言った口調だった。

次に忍谷は、鉄砲洲本湊町(ほんみなとちょう)の海べりの道に出た。商家は少なく、しもた屋や漁師の家が並んでいた。空き地には漁で使う網が干されている。目の先には佃島(つくだじま)があって、その向こうには江戸の海が広がっていた。

盛夏の日差しが、水面を照らして輝いている。このあたりにも、蟬の鳴き声が聞こえてきた。

忍谷は、船宿みなとやの戸を叩いた。船着場が隣接していて、人を乗せる小舟が二艘、舫(もや)ってあった。

前に凜之助が、夜の河岸道に立つ娘について聞き込みをした折に耳にした、客と使った場所だった。報告は聞いていたが、やる気がなかったので、その後当たっていなかった。

出て来たおかみは中年で、若い頃はそれなりの器量よしだったと思える女だった。

「ここは、どのような客が来るのか」

「うちは、吉原へ行くお客さんを運びますが、御休憩にも使っていただいています」

舟を使っての、人の移動に使う。吉原への行き来だけではない。ご府内で舟が行けるところならば、どこへでも行くと付け足した。

「若い素人の娘が、客を連れて来ることがあろう」

おかみはわずかに狼狽(うろた)えるような表情を見せたが、すぐにそれは笑顔で隠した。

「御休憩には、いろいろな方がお使いになります。若い娘さんが見えることはもちろんあります」

「若い娘にはふさわしくない男と、一緒のこともあろう」

「さあ。お客様については、あれこれ考えないことにしております」

「宿代さえ払えばよいということか」

「ごゆっくり、お休みいただければ」

愛想はいいが、ふてぶてしい印象だった。客が利用する意図を知った上で貸している。

「娘によっては、何度も使う者がいるのではないか」

「そういえば、そういう方も」

「嫌がっていることはないか」

「ありません。もしそうならば、ご利用をお断りいたします」

とはいえ娘の素性は分からないと言い足した。

「客として来るだけなのだな」

「うちでは、お客さまの詮索はいたしませんので」

関わりはないと告げている。

「では、何人くらいの娘が、ここを使うのか」

「三、四人くらいでしょうか」

本当のことを言っているかどうかは分からない。みなとやを出た忍谷は、町の自身番へ行った。

「あそこは、舟を使う客だけが出入りをするのではないようです」

六十過ぎの白髪の書役が、問いかけに答えた。

「部屋を空けさせていては、もったいないと考えるのでしょうか」

「おかみは、商い上手ということか」

「そうかも知れません」

「主人は、どういう者か」

「入間屋睦次郎さんという方です」

ここの他に、汐留川河岸笹屋や楓川河岸美その、亀島川河岸青柳と四軒の船宿を商っているそうな。

「やり手です」

「初めから、四軒を持っていたのか」

「いえ。一軒だったが、船宿を買い取って商いを大きくしました」

「そうとう、手荒な真似をしたのではないか」

「さあ。どうでしょう」

界隈の地回りの親分とは、遠縁だと分かった。

そこで忍谷は、他の三軒の船宿を当たった。

「ええ。若い娘さんが、お出でになることはあります」

おかみや番頭が答えた。この三軒にも、素人娘が客を連れてやって来ていた。

それから忍谷は、近隣の他の船宿も訪ねた。

「そういうお客さんは、見えませんね」

利用をしていないことが分かった。娘が立つ汐留川河岸と八丁堀河岸からは、どこも近い場所だ。

「他にも船宿や出合茶屋があるのに、入間屋の船宿だけを使うのは、関わりがあるからだ」

新たな展開が出てきた。

六

忍谷は、木挽町の芝居小屋が並ぶあたりに出た。役者崩れの二十代半ばから後半の歳の遊び人「助次」を捜す。

島田なる浪人者も、現れ出てくるかもしれない。

三十間堀の河岸道はよく通るが、芝居小屋に入ったことはなかった。興行中だから、いつものように賑わっている。

目についたのは河原崎座の大看板で千両役者の中村与左衛門の似顔絵だった。幕間なのか、着飾った見物客が出入りをしていた。

見物客に訊いても分からないだろう。忍谷は、小屋に関わりのありそうな者に問いかけた。

「助次さんならば、知っていますよ」

そう答えたのは、四人目に尋ねた山村座の木戸番だった。

「どういう者か」

「市村屋の端役をしていましたが、芽が出なかった。それで二、三年前に、やめたと聞きましたが」

「それで今は、何をしているのか」

「時折、このあたりで顔を見ますが、何をしているのかは分かりませんね」

ただこの辺りには、役者崩れは少なくない。三座で使い物にならなくなった者は、寺社の境内や日除け地で興行をする宮地芝居へ行ったり、旅回りの役者になったりする。しかしどうなっても、木挽町から離れられない者もいた。

「そういう連中は、このあたりの芝居茶屋や見せ物の小屋で、使い走りのようなことをしています」

木戸番は言った。

「役者崩れなんて、つぶしが利きませんからね。他のことは、何もできない」

と付け足した。

「この町から離れられないということか」

「そうじゃないですか」

それなりの芝居の家の生まれでなければ、役者として大成するのは難しい。そして浪人島田のことは知らなかった。

「食い詰め浪人も、銭が落ちていないかと集まってきます」

たまに悶着が起こることは、忍谷も知っていた。華やかな芝居小屋とその周辺には、たくさんの銭が落ちる。日に千両落ちるのは、吉原と魚河岸、それにここの三座の芝居だといわれていた。

役者同士の凌ぎ合いがある。人気が出なければ、役者の世界から零れ落ちる。そこから離れられない者がいて、群がってくる者がいる。

「世の中ってえのは、めんどくせえ」

小屋前の雑踏に目をやりながら、忍谷は呟いた。

次に忍谷は、河原崎座の木戸番に声をかけた。

「ああ。助次ならば、うちにもよく顔を出していましたよ」

「何をしに来たのか」

「市村段蔵さんの、世話になっていました」

雑用をしていたという話だ。

「段蔵とは、先日池之端で刺された者ではないか」

一瞬どこかで聞いた名だと考えて、すぐに思い出した。ここでその名を聞くとは思っていなかったから魂消た。

「そうです。私らも驚きましたが、助次のやつも、そうとう慌てていましたね」

遺体を引き取って、築地の南小田原町の家に運んだと付け足した。

「どんな様子だ」

「しょんぼりしていましたけどね」

葬儀は市村屋の手によって、密やかに行われた。とはいえ遺体は、市村屋本家には運ばれなかった。師匠の与左衛門は姿を見せたが、線香をあげるとそそくさと引き上げたそうな。

とはいえ木戸番も、線香をあげに行ったとか。

段蔵とお多代が刺された件については、調べに当たっている凜之助から、毎日大まかなことは聞いていた。娘夜鷹の件に、段蔵が絡んでくるとは予想もしなかった。

「島田という浪人者については、何か存じているか」

「さあ。ただ助次が、怪しげな浪人者と歩いているのを見かけたことはありますぜ」

名は分からないが、歳は三十半ばをやや過ぎたあたりだと答えた。

「助次は、段蔵の用事を足していただけか。他のことはしていなかったか」

ここは、確かめておかなくてはならない。段蔵がどれほどの銭をやっていたかにもよるが、小遣い稼ぎはしただろう。

「あっしには分かりやせんね」

どこへ行ったら分かるかと訊くと、芝居茶屋水さわを教えられた。市村屋の役者を贔屓にしていた客が利用していた店だ。

凜之助から、お多代が使っていた店だと聞いていた。

忍谷は、水さわへ足を向けた。色暖簾をかき分けて声をかける。現れたおかみが相手をした。

「段蔵さんが刺されて亡くなったのには驚きました」

女房はまずそう言った。その調べのために来たのだと思ったらしかった。

「いや、助次について聞きたい」

役者崩れで段蔵に拾われたことは分かっているので、それ以外について話すように告げた。

「助次さんは、おおむね段蔵さんの用をしていましたよ。他のことなんて、気が付きませんね」

「共に刺されたお多代との繋ぎは、助次が取っていたのだな」

「それはもう。料理茶屋や駕籠の手配なんかも。他の贔屓客もそれなりにいましたから、そちらのお世話もしていました」

それも凜之助から聞いていた。男客もいたが、おおむね女客が中心だった。お多代が、一、二番に太い客だという話だった。

「お多代の他は、どのような者であったか」

「お店（たな）や職人の親方のおかみさん、御大身旗本の奥方様などもありました」

「幅広い人気があったわけだな」

「何しろ男前でしたからねえ。若い娘さんにも、人気がありました」

「ほう、若い娘か。その娘たちについても、段蔵が何かをしたのか」

「まあ、それなりに」

「ううむ」

腑に落ちない点があった。三座の芝居は、木戸銭だけでも高額だ。宮地芝居とは比べ物にならない。

「娘たちは、芝居を見るだけでなく、その後も役者と過ごしたわけだな」

「そうですね」

困惑の顔になった。言わなくてもいいことを口にしてしまったという顔だ。

「娘たちは、大店の娘か」

「まあ、そうだと思いますが」

そうでなければ始まらないが、忍谷の頭には閃くものがあった。腹の奥が、一気に熱くなった。

「その方先ほど、助次はおおむね段蔵の世話をしていると言ったが、他にも用事を足した役者がいたのだな」

「ええ、まあ」

「誰か」

口ごもったが、言わせた。

「中村新之丞さんでしょうか」

その役者は端役だが、段蔵に劣らない男前だそうな。

「中村新之丞にも、贔屓にした娘の客がいたわけだな」

「はい。段蔵さんよりも新之丞さんの方が掛かりが少なくなりますから」

娘には、負担が少ないという話だ。

「それでも、なかなかの額になるのではないか」

「そうかもしれませんが、うちではそこらへんは、よく分かりません」

芝居茶屋の水さわとしては、関わりがないと告げていた。やって来れば、拒まないというだけの話だ。

「新之丞の他にも、助次は用を足したのではないか」

「うちを使わない贔屓筋の客もいたかもしれません。また芝居茶屋を使わなくても、観劇はできます」

台詞のない役しか貰えない、若い役者を贔屓にするならば、段蔵や新之丞よりも必要な額は減る。

「親が娘の芝居道楽に、大金を与えるか」

忍谷が呟いた。まずないだろうと思われる。

ならば娘は、どうやってその金子を稼いだか。答えはすぐに浮かんできた。段蔵に関わった二人の娘の名を、聞いた。日本橋箱崎町の春米屋三益屋のお民と京橋西紺屋町足袋商い両毛屋のお春だった。

第四章　役者の看板

一

朝、凜之助が町奉行所へ向かうために屋敷を出ると、忍谷が現れて声をかけてきた。

「昨日は、お多代が亡くなったそうだな」

「何か証言を得られるかと思ったのですが」

忍谷は昨日、町奉行所へ戻ったときに、死亡を知ったのだとか。伝えたいことがあったのだが、取り込んでいると考えて、今朝歩きながら話すことにしたと言った。

まずは凜之助が、昨日一日のことを伝えた。

「そうか、羽左衛門は女を囲っていたわけか。その気持ちは、分からぬわけではないな」

忍谷はまず、そう返した。

「心を癒す場が、欲しかったのでしょう」

「なさぬ子を、可愛がっているわけか」

「宇吉という子は、実の父親だと思って慕っているようです」

「それはおくらの関わりようだな」

ここで凜之助は、お多代とお由のことを考えた。

「お多代は、なかなかの女子です」

凜之助はため息を吐いた。

「宇助の名を出したのは、刺した者として名を挙げたとは限らぬだろう」

「ええ。意識のないままに、出た言葉ではないかと、三雪殿は話していました」

「婿だから道具のように、使えるだけ使えばいいと考えたのであろうか」

お由を羽左衛門の子として信じさせ、育ててきた。何も、思うことはなかったのか。

今となれば、知ることができない。ただ、最期に呼んだのは役者の名ではなかった。

それから忍谷は、夜の河岸道に立った娘たちに関わる話を聞かせてよこした。

「助次と浪人者が、段蔵や新之丞に繋がったわけですね」

新之丞は羽左衛門と共に、襲って刺した者の一人ではないかと考えていた。もう一つの案件で名が出て来たのは意外だった。

「新之丞が助次と関わっていたとなると、段蔵への恨みの気持ちは、治まったのでしょうか」

「金子が入るとなれば、抑えられるのではないか」

忍谷は、はっきりとものを言う。だとすると、殺したのは新之丞ではない可能性が出てくる。恨みよりも金ということだ。

「三益屋お民と両毛屋お春だが、当たってみねばなるまい」

娘夜鷹になっているのではないかとの考えだ。

「そうですね」

「その方、行ってみよ」

「はあ」

不満な声になったのが、自分でも分かった。忍谷の役目ではないか。

「その方の調べにとっても、欠かせぬものであろう」

こちらの気持ちには気付いているはずだが、押し付けられた。ただ調べる価値はあると思った。

「では、当たってみます」

凛之助は引き受けた。貴重な手がかりであることは間違いなかった。

手早く町廻りを済ませた凛之助は、まず西紺屋町の両毛屋の店の前に立った。界隈では老舗の足袋屋で、大名家の御用達にもなっていた。

重厚な建物で、分限といった印象だ。榛沢屋にも引けは取らない。ただ婿を取った女房と娘では違うだろう。

斜め向かいの味噌醬油商いの店の小僧に訊くと、お春には、七つ違いの跡取りの兄がいることが分かった。同年齢で親しくしている者を聞いた。

同じ町内の、草履屋の娘ではないかと伝えられた。凛之助はその娘を呼び出して問いかけた。

「お春ちゃんは、大の芝居好きです。縁談があっても、見向きもしないとか」

「しかし十八歳にもなって、それでは親御も困っているであろうな」

「それはそうですけど、おとっつあんは甘いようで」

通常ならば、嫁に行く歳だ。

跡取りの兄にも可愛がられた。

「木戸銭を出してやっているのだな」

「羨ましい話ですけど」

「ただ芝居見物となると、木戸銭だけでは済まぬであろう」

「そういえばお春ちゃん、物入りだとは言っていました」

「それで金子は、どうしたのか」

「あたしには、分かりませんよ」

と返された。

「ではお春は、夜暗くなった後で、帰ってくることはなかったのか」

「ありました。おとっつあんに、すごく叱られたって」

「それでどうした」

「今は、日が落ちてからは出られないと聞きました」

ならば以前は、夜の河岸道に立っていた時期があったとも考えられた。

次に凜之助は、三益屋のある箱崎町へ足を向けた。日本橋川に接していて、春米屋は間口三間半（約六・四メートル）の店だった。

小店ではないが、榛沢屋や両毛屋とは比べるべくもない商いの様子だった。奉公人も、小僧が一人いるだけだ。

お民は善右衛門（ぜんえもん）の一人娘で、十九歳の跡取りだった。ここでも凜之助は、近所の桶屋の娘に問いかけた。

「ええ。お民ちゃんは、芝居好きでした。何しろ市村段蔵にぞっこんで」

「では、親とは揉めたであろうな」

「そりゃあもう。役者どころではないだろうって」

十九歳ならば、急がなくてはならない歳頃だ。一人娘ならば、婿を取らなくてはいけない。

「ならば親は、芝居の金子など出さなかったであろう」

「そうだと思います。質屋へ行ったという話も聞きました」

祖母からもらった形見の瑪瑙（めのう）の簪（かんざし）まで持ち出したという。

「それくらい入れ込んでいたわけだな」

「ええ。段蔵さんの話になると、ついていけないような」

「しかしそこまでしても、金子は足りなくなったのではないか」

「そうだと思います。それであの子、小料理屋の手伝いを始めようとしたんですけど、おとっつあんが許さなくて」

「まあ、そうであろう。道楽の銭を稼ぐのだからな」

それに、小料理屋の手伝いで得られる銭では、とてもまかなえないはずだった。

「五月の半ばくらいに、家を出てしまったんです」

「親は、慌てただろう」

「そうだと思います。でも近所の人には、話しませんでした」

「それは世間体があるからな。話せないであろう」

ましてや嫁入り前の娘だ。

「でも町の人は、薄々は何かあるだろうって、勘づいていました」

わずかに意地悪そうな目になった。この娘の目にも、お民の暮らしぶりはかんばしくないものに映っていたようだ。

「善右衛門は、捜したのであろうな」

「そうらしいです。段蔵さんのところへも行ったと聞きました」

「それで」

「相手にされなかったらしいですけど」

段蔵の対応としてはそうだろうが、詳しいことは分からない。桶屋の娘の母親が、お民の母親から聞いたことだとか。

「善右衛門さんは、気落ちをしていて、可愛そうなくらいでした」

父親としての気持ちは、察することができた。

「それでお民はどうしたのか」

「まだ帰って来ていないはずです」

「段蔵が攫ったようなものだな」

「おとっつあんもおっかさんも、そう思っています」

とはいえ、お民が自ら家を出たのならば、攫われたとはいえない。誑(たぶら)かして誘(おび)き出したという話だろう。

二

凜之助はここまでの話を聞いて、中身を整理してみた。

「素人娘が、贔屓の役者のために、夜の町に立つのか」

得心がいかない話だった。しょせん遊びだ。祖母の形見の簪を質入れすることでさえ、とても信じがたい。

また金がなくなったからといって、いきなり夜の河岸に立つものなのか。朋や文ゑのもとへ稽古に来る娘たちには、同じ歳頃の者が少なくない。だがそういうことをしている者は、一人でさえいないと思われた。

とはいっても、それぞれにどのような事情が潜んでいるか分からない。素人娘が夜の河岸に立とうとした心持ちについて、凜之助は知りたいと思った。

特に気になるのは、お民の場合だった。お民は芝居の木戸銭と段蔵に貢ぐ銭を拵えるために、まず祖母の形見の瑪瑙の簪を質屋へ持って行ったという。その折の模様も知りたかった。

そこで凜之助は、日比谷町の質屋三河屋へ行った。お麓の家は、文ゑの用事で何度か行ったことがある。

「お由さんのおっかさんが、亡くなったそうですね」

お麓は凜之助の顔を見ると、すぐに言った。共に文ゑの裁縫の弟子だから、今朝には伝えられていたとか。お麓は凜之助がこの探索に当たっていることも知っていた。文ゑから聞いたのだ。

凜之助はお麓に、ここまでの調べについて大まかなところを伝えた。

「お民さんという方が、質屋へ行った折の様子を知りたいのですね」

話を聞いたお麓は、気軽に応じた。

「三河屋では、瑪瑙の簪は受けていません。箱崎町にも質屋がありますが、近すぎてそこではないと思われます」

質屋へ出入りするのを、恥ずかしいと感じる者は少なくない。やや離れた周辺の町から当たってみようとお麓は言った。

「よいのか」

「お師匠さまは、お由さんのところに、お悔やみに参ります」

それで今日の稽古は、急遽中止になった。早速、三つ離れた町の質屋へ向かうことになった。

歩きながら、まず話が出たのは文ゑのことだった。

「ここのところ、お体がすぐれないようで」

お麓は、案じていた。理由は当然知らない。

「うむ。気がかりなことがあるようだ」

病ではないと伝えた。お麓は賢い娘だから、それ以上は踏み込まない。

「父上は、少し優しい言葉をかけて差し上げればよいのだが」

と凜之助は思うが、日頃父は、いない者のように扱われていた。文ゑの変化には、気づかないのかもしれない。

また小料理屋花見鳥のおかみお初と、本当に何かあるのだとしたら、気軽には口出しができない気がした。

母がどういう対応をするのかも、見当がつかない。

まず行ったのは小網町の質屋だ。迷わずに歩いているから、知っている店らしい。

「おや、お麓ちゃん。八丁堀の旦那のお供かい。お安くないねえ」

女房にからかわれた。

「そんなんじゃありませんよ」

お麓は軽く躱した。馴染みの間柄らしかった。

「瑪瑙の簪ねえ。うちには来ていませんよ」

「どこかで、そういう品が入ったという話は聞きませんか」

「聞かないねえ」

次は堀留川周辺の町の質屋で問いかけをした。ここでもお麓は、主人や女房と、親し気に話をした。

同業だからなのだろうが、意外に顔が広い様子だった。可愛がられている。

そこでも知る者はなくて、次は浜町堀に近い町へ行った。まっすぐな掘割が南北に延びていて、強い日差しを跳ね返している。

浜町河岸の二軒目の質屋で反応があった。

「これですかね」

中年の主人が持ってきたのは赤瑪瑙の珠簪で、銀製だった。素人目に見ても、高価な品だと分かった。

「これを持ってきたのは、そろそろ二十歳になろうかという娘さんで、お婆さんから貰ったという話でした」

「形見の品だとは、話したのだな」

「そう言っていました。そんな品をいいのかと訊きましたら、目に涙を溜めました」

主人は困ったらしいが、娘は、流すつもりはないので引き取ってほしいと告げたとか。品を持って来たのは、初めてではなかった。

その前は着物だった。

「何のために、手放すと告げたのか」

「嫁に行く先の店を助けたいと」

資金繰りに困っているという話だ。

「信じたのか」

「品を持ち込む方は、いろいろなことを話します」

一度は断ったが、何としてもと頼まれた。

「ただ娘さんの様子から、盗品ではないと感じました」

勘のようなものだとか。

「いくら渡したのか」

「二両です」

堀江町（ほりえちょう）のおまちと質札に名を入れた。

「それはいつか」

「四月の終わり頃でした」

それが訪ねて来た最後になった。

「質入れするものが、なくなったのではないか」

「不憫（ふびん）ですね」

お麓が漏らした。

「うむ。しかし腑に落ちぬな」

「何がですか」

お麓は、疑問の顔を向けてきた。

「役者を贔屓にしたところで、夫婦になれるわけではない。段蔵にしろ新之丞にしろ、ありがたそうに受け取ったとしても、それで終わりではないのか」

凜之助にしてみれば、溝（どぶ）に捨てるようなものだ。

「ちやほやはするでしょう。それが嬉しいのでは」

「しかしな、切りがない。そして金の切れ目が、縁の切れ目になるのではないか」

お多代のような大身代の家付き女房ならば、役者を変えても贔屓を続けられる。しかしただの素人娘ではどうにもならないはずだ。

「切れたくないから、夜の河岸に立つのではないですか」

お麓は、きっぱりと言った。

「己の先行きのことは、考えぬのか」

「考えられるくらいならば、やらないのでは」

「ううむ」

お麓の言葉はもっともだと感じるが、しっくりこない。

「なぜ考えないのか」

と思うのだ。

「お民という娘は、愚かな娘なのか」

「決めつけることは、できないのでは。それなりのわけが、あろうかと」

凜之助が「愚か」と言ったのは、気に入らないらしかった。凜之助に、不満そうな顔を見せるのは初めてだった。

三

「もう少し、お民について当たってみよう」

「ならば、私も」

凜之助の言葉に、お麓が返した。二人で、箱崎町へ行った。凜之助は、今日は二度目となる。もっと念入りに訊くつもりだ。木戸番小屋へ行って、初老の番人にお民の評判を聞いた。

「明るい子じゃあなかったし、器量もよいわけじゃあなかった。でも小さい子供の面倒は、よく見ていましたね」

気立ての良い娘、という話だ。

「他の娘と、変わったところはなかったか」

「それはなかったですね。どこにでもいるような娘ですよ。ただ子どもの頃は、悪餓鬼にいじめられたこともあったようだが」

珍しい話ではない。

「そんなとき、父親の善右衛門はどうした」

「握りこぶしを振り上げて、悪餓鬼どもを怒鳴りつけていましたね」

一人娘だから、可愛かったのだろう。

「町の者が噂するような、不祥事などはなかったのだな」

「ありませんでした。でも目立つよいことがあって、町の者から目を向けられたこともありませんでしたね」

そういえばいた、といった印象だと付け足した。

「では、愚かな娘ではないのだな」

「それはありません。挨拶もきちんとしますし、町の溝浚い(どぶさらい)のときなどには出て来て、手際よくきっちりとした仕事をしました」

近頃見かけないが、どうしているのかなど気にもならなかったとか。

「影が薄いのは、いつものことだからですね」

お麓は頷いてから、凜之助に目を向けて言った。

親しくしていたのは、前に話を聞いた桶屋の娘くらいだった。他にもいたが、すでに嫁に出ていた。

十九というのは、江戸の娘として難しい歳だ。

凜之助はお麓と共に、桶屋の娘を訪ねた。

「お民を、呼び戻すために力を貸せ」

と伝えた。

「あの人は、無事でいるのでしょうか」

娘は緊張した顔で尋ねてきた。不審に思う気持ちを抱えていても、今のままでいいとは考えていない様子だった。

「そう信じて、話すがよい」

凜之助の言葉に頷いた。

「芝居小屋に出入りするようになったのは、いつ頃からだ」

お民と芝居の関わりについては、抑えておきたかった。

「一年半くらい前からです」

初めは、観るだけで満足していた。木戸銭は、親が出してくれた。

「ずっと段蔵を贔屓にしていたのか」

「そうじゃあ、ありません。中村与左衛門に憧れていました」

おおよその者は、大看板の役者に憧れる。

「それがなぜ、段蔵に」

「芝居がはねた後、二人で楽屋の方へ行ってみたんです」

どんなところか、見てみたかった。するとそこで、小屋の者に勝手に入るなと咎められた。

そのとき現れたのが、段蔵だった。

「まあいいじゃないか。可愛い私のお客さんということで」

段蔵は大部屋の楽屋と自分の小部屋を見せてくれた。

「また観に来てくださいな」

と優しく言われて、それで二人は小屋を出た。一緒にいたのは四半刻にも満たない間だけだった。

「それでお民ちゃんは、段蔵に夢中になりました」

「主役でなくても、華やかな舞台に乗る役者から、優しくされたわけですからね」

これはお麓の言葉だ。

「あたしは誘われなかったんですけど、お民ちゃんはその後、一人で芝居に行ったんです」

「ほう。楽屋へも行ったのだな」

「あの子、饅頭を拵えて持って行ったのだそうです」

これは、後になって聞いた話だ。貰ってもらえるかどうか、びくびくしたらしいが、喜んで受け取ってくれたと伝えてきた。

目を輝かせていて、お民には珍しいことだったそうな。

「お民には、好いて好かれるような相手は、これまでいなかったのか」

思いついて、凛之助は尋ねた。

「あの子、目立たなかったから」

「いなかったわけだな」

「ええ。でも実は、決まりかけていた縁談があったんです」

婿に入るということで、八割方決まった者がいた。

「お民ちゃんも、まんざらではない気持ちでいたらしいんですが」

「壊れたわけだな」

「そうです。向こうの方から断ってきて」

「なるほど。まんざらでもない気持ちでいたのならば、がっかりしただろう」

「ずいぶんとしょげていたんです。それでおとっつあんが、気晴らしに芝居でも観に行けって」

桶屋の娘と二人分の木戸銭を出した。

「失意の中で、優しくされたわけだな。しかもそのへんにはいない、飛び切りの男前に」

「たぶん」

娘は俯き加減に答えた。その後のことは分からない。お民は何も言わなかったそうな。

ここまで深入りしているとは思いもしなかったから、問いかけることもなかった。

「でもしばらくは、明るい感じで」

「それが四月の終わり頃には、違う様子になったのではないか」

「そ、そうでした」

瑪瑙の簪を、質入れした頃だ。嬉しい思いで質屋へ行ったのではないだろう。お民にしても、追いつめられていたのかもしれない。

ただ段蔵に、気に入られたかったということか。

「話しかけても、あまり話をしなくなって」

桶屋の店から出たところで、お麓が言った。

「少しずつ、金子を出さなくてはならないことに、なって行ったのではないでしょうか」

「せがまれたのだな」

「いえ。出さなくてはならないようなことに、なったのではないでしょうか」

「ううむ」

「女子は、好いた人のためには、役に立ちたいと思います」

ぶれのないお麓の言葉に、凛之助はどきりとした。

「役者が素人娘をその気にさせるのは、お手のものでは」

お民は、今どこにいるのか。まだ夜の河岸に、夜鷹として立つのか。しかしお民は、段蔵が刺殺されたことは知っていると思われた。それならば三益屋へ帰ってきてもよさそうだが、それはない。

今さら帰れないのか、帰ることができない事情があるのか。そこは不明だ。

「親ならば、喜んで迎えると思いますが」

お麓が言った。

四

凛之助は、お麓と共に三益屋の店の前に立って中を覗(のぞ)いた。

春米屋は玄米の小売りをし、さらに精米をするのが商いの中心だった。近くに寄っただけで、米糠（こめぬか）のにおいがした。店の隅に、足で踏む唐臼（からうす）が二つ並んでいた。米俵も積まれている。

主人善右衛門と女房おたきの姿が見えた。そこからは異変を感じない。

対応をしていた客を送り出した善右衛門が、通りに立っている凜之助に気が付いた。目が合って、どきりとした様子になってから、慌てて頭を下げた。

「商いはどうか」

「お陰様にて」

凜之助の問いかけに、善右衛門は腰の十手に目をやってから答えた。驚きと不安が顔にあった。

「娘のお民が戻らぬようだな」

「はい」

不在を知った上での問いかけと察したようだ。不安の気配に加えて、無念の色が浮かんだ。

「市村段蔵が、何者かに殺された。存じておろう」

「あいつは、悪党です」

絞り出すような声になった。

「当然の報いでございましょう」

と続けた。怒りが湧き上がったようだ。

「お民を、攫われたと思っているのだな」

「まあ」

さらに出そうになった言葉を呑み込んだ。荒ぶる気持ちを抑えたのだろう。

「その方、六月十九日の夕刻以降、どこで何をしておったか」

胸の内に疑念が湧いた。段蔵とお多代が刺された日のことだ。

襲ったのは目撃した者の証言からして、二人の人物となっている。一人は羽左衛門で、もう一人は新之丞だと考えていた。だが、そうではないかもしれない。

「それは」

息を呑んだ。すぐには答えられない。わずかに間を空けてから答えた。

「あの日は、夕方には客も来なくなりましたので店を閉じました。唐臼で精米をしておりました」

「それを知っている者は」

「女房が」

「小僧もいたであろう」

そう告げると、ごくわずかに体を硬くした。

「それが親が病というので、夕方になる前に実家に帰らせました」

「ほう。前から分かっていたのか」

「いえ、前の日に伝えられました」

そうなると証人は、女房だけとなる。新たな容疑者が現れた。

「ううむ」

店を出てから、通りにいた小僧に問いかけをした。

「へい。あの日は、おっかあが流行り風邪をこじらせていて」

一晩帰って、看病をしてやれと善右衛門から告げられたとか。

「急に言われたのか」

病のことは、前日に知らされていた。

「あの日旦那さんは出かけていて、戻ってきてから、おっかあのところへ行っていいと言われました」

善右衛門がどこへ行っていたかは分からない。

「そのとき、善右衛門に変わった様子はなかったか」

「さあ」

母親のところへ行けるのが嬉しくて、主人のことなど気にも留めなかったらしい。凜之助とお麓は、隣町の春米屋へ行った。三益屋の商いについて、尋ねたのである。

「あそこは代々の店で、堅い商いをしてきたはずです」

二十代後半の主人が答えた。春米屋で働く者は、例外なく体ががっしりしている。毎日米俵を担わされるからだ。

「では、内証は豊かなのだな」

「いや、どうでしょう」

主人は首を傾げてから続けた。

「飢饉のあった年に、無理な仕入れをして高値で米を仕入れ過ぎたという噂を聞いていますが」

これは噂だというが、火のないところに煙は立たない。米価のさらなる値上がりを見込んで、仕入れを増やす商人は少なくない。

売り惜しみをする者も現れる。

そこで三益屋が仕入れをしている米問屋を聞いて、行ってみることにした。上総屋という屋号で深川仙台堀河岸の今川町に店があった。

「善右衛門さんは前に、さらに値上がりをすると見込んで仕入れた米が、にわかに下がって損をすることがありました」

「大きな損失を出したのだな」

「そうらしいです。それ以来、金繰りが厳しくなったようです」

支払いを待ってくれと言われたことがあるとか。

「では、店は危ないのか」

「いや。そこまでは行っていないと思いますが、昔の面影はありません」

奉公人も減らして、小僧は一人だけになった。

「ならば婿を取って、店を盛り上げたいところだな」

「そうでしょうね。決まりかけた話があったのが壊れて、慌てたようです」

「うむ。そうらしい」

「それで次の婿を捜したとかで」

「いたのか」

「米商いの中では、婿に出たい次三男や若い手代はいくらでもいます」

「なるほど」

武家でも、入婿の口を捜す次三男は少なくない。

「持参金付きの入婿の話が出たとかで」

「それは都合がよかったな」

「ですが揉めたようで」

「娘とだな」

「まあ、聞いた話ですけどね」

そのときには、お民は段蔵に入れあげていた。凜之助とお麓は、仙台堀河岸に立った。

「それも、お民さんが家を出たわけの一つですね」

お麓は、残念そうに口にした。

「何を言われても、気持ちは動かなくなっていたわけだな」

「それにしても段蔵というのは、酷いやつです」

「贔屓客からのご祝儀が、欲しかったのだろうが」

「金子を出せるはずのない素人娘を誑かして、むしり取っていたわけですから」

「まったくだ」

「何としても、捕らえてくださいまし」

「そうだな」

凜之助は答えたが、贔屓客がどのような手立てで得た金子であろうと、ご祝儀として出されたものならば、受け取る方に非はない。そうさせたのは卑怯だが、それでは縄をかけることはできない話だった。

「そなたのお陰で、お民のことが分かった。手間をかけさせた」

凜之助は日比谷町でお麓と別れると、日本橋本銀町へ足を向けた。日はすでに西空の低いところに移っている。

今夜は、榛沢屋でお多代の通夜が営まれるはずだった。

五

榛沢屋を凜之助が訪ねたときには、祭壇がしつらえられ、すでに花が供えられていた。弔問(ちょうもん)の客が、だいぶ集まっている。線香も絶えることなく上がっていた。

羽左衛門は、白い喪服に着替えて来客の弔問を受けている。神妙な表情で、気持ちの中を窺うことはできなかった。

秩父屋利八郎の姿もあった。

「あたしにとっては、実の姉さん以上でしたよ。可愛がってくれた」

声を上げて嘆いている。羽左衛門や番頭は、相手にしない。他にも縁者と名乗る者がやって来ていた。近所の者も、同様だ。

凜之助は、その様子に目を向ける。

お由は祭壇の前で俯いたまま、何を言われてもまともな返答ができない。折々、思い出したように涙を流すばかりだった。

縁者を含めた弔問客は、お由の気持ちを察してか、一言か二言声をかけると傍から離れた。

不義密通の上に殺されたのである。声のかけようもないだろう。羽左衛門に対しても、形ばかりの悔みの言葉をかけるしかない様子だった。

榛沢屋ほどの商家ならば切りなく人が現れるはずだが、多いとはいえなかった。焼香を済ませると、弔問客はお清めの席にも出ずにそそくさと引き上げた。

するとそこへ、芝居茶屋水さわのおかみが姿を現した。

「来られた柄じゃあないんですけどね、何年もの間使ってもらったので、お線香だけは上げさせてもらおうと思ったんですよ」

おかみは、凜之助にそう言った。律儀なところもあるようだ。

「段蔵も、罪な男だな」

関わらなければ、刺されることもなかったとの思いがあって口にした。娘に去られた、親たちの気持ちもある。

「まったくですねえ。役者なんて、因果な稼業ですね」

「金のない娘からも、祝儀を受け取ったというではないか」

役者ならばそれで済む、という問題ではないと感じる。

「そりゃあたいへんですから。衣装だって、ときには自分で賄わなくちゃいけない」

おかみは役者の肩を持った。

「ならば娘を傷つけ、その親を泣かせていいのか」

「……………」

凜之助の問いには答えなかった。

「新之丞は、来ないのか」

とも言ってみた。

「一時期は、世話になったはずだ」

と続けた。

「乗り換えられたわけですからねえ」

おかみは、当り前のように言った。

「そういうものか」

薄情だとも思ったが、そういう世界なのだろうと受け取った。そういう世界で、お多代はちやほやされてきた。

「お由ちゃんも、心の拠り所がなくなってかわいそう」

口ではそう言っているが、おかみには他人事ではないかと凜之助は思った。

「羽左衛門とは、うまくいっていないようだな」

「そうでしょうね」

「お多代は、子どもの前でよく言わなかったのであろう」

商人として優れていたことは、お多代にとってはどれほどのことでもなかったという話だ。

「お多代がお由を生んだとき、贔屓にしていた役者がいたわけだな」

「いました」

「誰が」

おかみは言いにくそうにしたが、答えた。

「片岡團之助という役者でした」

名は記憶にあった。かつての大看板の役者だ。

「お多代はそうなる前から、贔屓にしていたわけか」

「そうでした」

「よほどの男前か」

「そりゃあもう」

「段蔵も、なかなかのものだったぞ」

「ええ、確かに。でもねえ」

「何が違うのか」

「役者としては、大きかったような」

「大きいとは」

「役の人の気持ちが響いてくるような」

「よく分からぬな」

「見栄(みえ)を切ったとき、役者の役に溜め込んだ気持ちが伝わってくる気がしますが、その量が多いというか」

「要するに、團之助はすごかったわけだな」

「はい。ただ男前というだけでは、なかったと思いますが」

凜之助は芝居など見たことがないから、具体的なことは分からない。ただ引かれるというのは、そういうことなのだと思った。

「お多代も、それを感じたのであろうな」

「ええ。ですから團之助さんが流行病で亡くなったときは、悲しむだけではなくて、落ち込んでいました」

「待てよ。そのときは、お由は生まれていたな」

「ええそうですね。十歳くらいではないですか」

「お多代はこれまで、何人かの役者を贔屓にしていたが、一番は誰か」

「それはもちろん、團之助さんでしょう。最初の役者です。亡くなるまででしたから、何年にもなります」

顔を見てみたくなった。

「それ以後は、いろいろ相手は変わりましたが、長くても三年はなかったですね」

ならば團之助は、お多代の心を捕らえた役者ということになる。

「團之助の大看板を、今でも見ることができるのか」

見てみたくなった。

「河原崎座の納屋へ行けばあるかもしれませんが」

凜之助は、河原崎座へ行った。しかし芝居は終わった後で、小屋の番人がいるだけだった。

「ここには、昔の大看板はありません」

「どこにあるのか」

「片岡屋さんにあると思いますが、贔屓の方が買ったかもしれません」

「なるほど」

贔屓の者ならば、大枚を払っても買い取ったかもしれない。

片岡屋も中村屋の一門だった。だから市村屋の役者と同じ舞台に立つのは、珍しくなかった。凜之助は、片岡屋の住まいへ行った。

瀟洒な建物で、黒板塀の向こうに見越しの松があった。人気役者だったことを伝えてくる。

「何枚かありましたがね、贔屓の方がお求めになりました」

もう残っていなかった。一つの興行が終われば、大看板は新たなものに替えられる。下げられたものは好事家が買い取る。

人気が高いほど、高額になった。

「誰が手に入れたのか」

「多いのは、大伝馬町の太物屋越前屋さんです」

主人は大の芝居好きで、團之助を贔屓にしていた。だから大看板を、高値で買い取った。

越前屋へ行った。

すでに日は落ちて、店の戸は閉まっていた。戸を叩いて呼び出した。

團之助の大看板を見せてほしいと頼んだのである。

「どうぞ」

四枚あった。近くで見ると、人の背丈以上あって大きい。

「ううむ」

初めは、よくありそうな役者絵だと思った。どれも役柄に扮した姿だ。誇張をしている絵らしいが、面立ちには共通点があった。

凛之助にも同じ人物なのはよく分かった。

それと似ている人物がいる。誰かと考えて思い至った。

「お由だ」

と呟きが漏れた。

「團之助を贔屓にする女の客は、多数いたであろうな」

「それはもう」

「子を宿した者もいるのではないか」

と言ってみた。

「そういえば酔った時に、團之助さんはそんなことを口にしたような」

亡くなって、すでに六年ほどになる。だから言えたのだろう。

それならば間違いない。そこで凜之助が気にしたのは、羽左衛門がそれを知っているかどうかだった。

「この大看板は、河原崎座に飾られたわけだな」

「それはもう。興行の間中、一番目立つところに掲げられていました。多くの人が、息を吞んで見たことでしょう」

ならば羽左衛門が見ている可能性は大きかった。

六

暮れ六つの鐘が鳴って、だいぶ過ぎていた。凜之助は南八丁堀河岸で、娘が立っていないのを確かめた。

それから、小料理屋花見鳥の前を通り過ぎようとしていた。

明かりが灯って、中から談笑する声が聞こえてくる。風を入れるために、戸は開けたままになっている。蚊遣りのにおいがした。

「おや」

外の暗がりに、店の様子を窺う人の姿が見えた。女だと分かって、目を凝らした。若い女ではなく、それは文ゑだった。

「母上」

凜之助は傍に寄って声をかけた。松之助がいるだろうとは、中を覗かなくても分かった。

「ああ、そなたでしたか」

いきなり声をかけられて驚いたらしいが、さすがに声を上げたり取り乱したりすることはなかった。朋ならば、武家女の矜持として、こういうことはしない。けれども文ゑは商家の出だから、それが動きになって出てしまったのだろう。

「通りかかったものだから」

「そうでしたか」

言い訳なのは分かるが、それは口にしない。

「では、一緒に帰りましょう」

「そうですね」

「母上を送ったら、それがしも花見鳥で飲もうと存じます」

「そうしてくれますか」

「父上と飲むのは、久しぶりです」

文ゑの肩に、手を載せた。思いがけず小さい体で、そのぬくもりが掌に伝わってきた。話す言葉が浮かばなかった。

ようやく、昼間の暑さが収まってきたところだった。

花見鳥へ行くと忍谷も来ていて、店の隅の小上がりで飲んでいた。

「おれも、今来たばかりだ。店を覗いたら、義父上の顔が見えた」

「私もお相伴にあずかりたく」

「うむ」

松之助が頷いて、凜之助も仲間に加わった。文ゑのことは、口に出せなかった。

ひやの酒を注ぎ合って、その猪口を空にしてから、凜之助はその日の調べの詳細を伝えた。

「片岡團之助というのは、大物だったな」

松之助は、昔その芝居を観たそうな。

「大した人気だった」

最盛期のことだから、團之助の大看板の前では、誰もが立ち止まったに違いない。女だけではなかった。

松之助も芝居小屋を覗いたというのは驚きだった。

「だがあっけなく亡くなった。流行病でな」

その折は芝居好きだけでなく、多くの者が驚いた。読売も出たとか。

忍谷が、空になっている松之助と凜之助の猪口に酒を注ぎ、自分のにも注いだ。そして羽左衛門の話になった。

「羽左衛門はお由が実の子でないと知ったときから、いつかお多代を刺そうとしていたのでしょうか」

「秩父屋利八郎などが関わる金子のことも、あったのであろうがな」

忍谷の言葉に松之助が応じた。すでに六百両近い金子を借りていての、九十両だ。じきに千両になってしまいそうだ。

「襲ったもう一人は、新之丞ではないかもしれませぬ」

凜之助は思っていることを口にした。

「うむ。新之丞は助次らと共に、娘を使って金子を稼ごうとしていたのならば、段蔵を刺す必要はなくなるわけだな」

松之助は返した。新たに浮かび上がってきたのは、三益屋善右衛門だ。

「ですが羽左衛門と善右衛門は、繋がらないように感じます」

ここが大きな引っかかりだ。

「様子を探っていた二人が、たまたま同じ時に襲ったわけか」

忍谷が口にしたが、それは判断がつかない。

「しかし段蔵が殺されても、まだお民は戻ってきていないわけだな」

「はい」

凜之助の疑問はそこにある。

「お民ら、段蔵のために身を売った娘たちは、もう夜の河岸道に立つ必要はなくなったわけだからな」

忍谷も同じことを考えたようだ。

「それでも家へ帰らせず、夜の河岸道に立たせたら、監禁した上で身を売らせたという罪になるぞ」

それを口にしたのは松之助だ。

「いかにも。助次や島田、新之丞は、金蔓になる娘の夜鷹を、容易くは手放さないのではないでしょうか」

「しばらく稼がせようという腹か」

助次ら三人は、銭を得る手立てがなくなる。特に助次は、段蔵が亡くなって食うのにも困ることになるかもしれない。

「段蔵贔屓の娘たちは嫌がる者もいるでしょうが、助次らは娘夜鷹が銭になると味を占めてしまった」

「今さら、生娘とはいえぬ。行状を広く世間に知らせると脅されたら、仕方がないとあきらめるやもしれぬ」

「ならば、縄をかけることができますね」

猪口の酒を飲み干した凜之助が言った。腹の奥が、燗酒（かんざけ）を飲んだように熱い。

「やつらは、娘たちをどこに置いているのか」

忍谷が言った。そこを探り出さなくてはなるまい。

第五章　現れた男

一

朝、凜之助は井戸端で洗面をしていた。今日も炎天で、蟬の音が降ってくる。井戸の水は冷たくて、心地よかった。

「お使いなさい」

いつの間にか傍らにいた朋が、新しい手拭いを差し出してくれた。

「ありがとうございます」

ともあれ受け取った。

「何かあるな」

こういうときは警戒をする。顔を拭き終えたところで問いかけられた。

「昨夜は、文ゑとそなたが一緒に帰ってきた。何があったのか」

「通りで、ばったり会いまして」

「まことか」

「はい」

朋は疑う目を向けたが、嘘は言っていない。

「文ゑは、このところ様子がおかしかった」

それについては、前にも問われた。黙っていると朋は続けた。

「昨夜は松之助が出かけると、すぐに出て行った。どこへ行ったのか、つけたのであろう」

松之助が夜の外出をしたのは、数日ぶりだ。文ゑが穏やかでない気持ちだったのは分かる。

「はしたない真似だ」

朋はきっぱりと言った。夫を疑い、妻が後をつけることを潔しとしていない。

「はあ」

「しかしな、松之助もよくない。そのような思いを、夫たる者、妻女にさせてはならぬ」

口にしていることは、真っすぐだ。ただそれでは収まりがつかないこともある。

「父上は、昨夜は酒を飲みに出たのでございます。それがしと忍谷殿も一緒でした」

「しかしその前に、そなたは文ゑと共に帰ってきた。頼まれたのではないのか」

「まあ」

図星だから、仕方なく頷いた。

「では、そなたと文ゑが会ったのは、どこでか」

「八丁堀幸町の花見鳥という小料理屋の前です」

「文ゑは、そこにいたのですね」

「そうです」

さらに問われたらどうしようかと考えたが、それはなかった。一つ頷きを返すと、行ってしまった。

文ゑが沈んでいるのは間違いない。それを面白がっている気配ではなかった。

凜之助は町廻りのあと、鉄砲洲本湊町へ足を向けた。鉄砲洲稲荷(いなり)の鳥居が見える。昼四つを過ぎたあたりだ。金魚売りが、呼び声を上げながら通り過ぎた。

ここには入間屋睦次郎が商う船宿みなとやがあった。娘の夜鷹が客と過ごすのは、入間屋が商う四軒の船宿に限られていた。

「お民など、家を出た娘が寝起きする場は、この四軒の船宿のどこかではないか」

と考えたからだ。これまでも気になっていたが、他の調べもあって来られなかった。早速周辺で訊く。

「若い娘が何人も出入りをするということは、ないと思うが」

近所の住人や船宿を利用する客に訊いても、娘が逗留（とうりゅう）している気配はなかった。客と一緒のときだけらしい。

「では遊び人ふうや浪人者の出入りはないか」

助次と島田を頭に置いて、隣の乾物屋の女房に尋ねた。

「用心棒らしい、ご浪人はいますよ。みなとやさんで寝起きしているのではなさそうですけど」

みなとやでは、一見（いちげん）の客との間で悶着があった。一月ほど前のことだ。

「些細なことで難癖をつけて、居座った客がいたんです。もちろんその分の銭も払わない。何か言うと大きな声を出して、足を踏み鳴らしました」

破落戸ふうの二人組での嫌がらせだった。

「出て行けと口で言っても、聞かなかったわけだな」

「銭を出せっていうことでしょうね」

「そこへ浪人者が現れたわけだな」

「はい。一人きりでしたが、あっという間に痛めつけて追い出しました」

名は分からないというので、みなとやの船頭に聞いた。

「島田伊左衛門様という方です」

入間屋に出入りしている用心棒だ。歳は三十代半ばだとか。島田が日頃何をしているかは、船頭には分からない。

娘夜鷹に絡んだ破落戸を、懲らしめた浪人者が島田という苗字だった。年頃も重なる。

さらに凜之助は三軒の船宿を当たったが、娘が寝起きしている気配はなかった。浪人島田の出入りはあった。

そこで凜之助は、入間屋睦次郎の住まいがある鉄砲洲船松町に足を向けた。場所は、みなとやの船頭から聞いていた。

行ってみると、なかなかに瀟洒な建物だった。大店の隠居の住まいといった風格だ。

自身番の書役に、睦次郎について尋ねた。

「歳は五十一歳です。最初は一軒だったのを、増やした人です」

これは前に聞いた。

「やり手ということだな」

「それはもう」

金貸しもしている気配で、用心棒に島田伊左衛門がいるのは事実だった。睦次郎の人柄なども聞いた。

「貸金の取り立ては厳しいようですが、町のことはよくやってくださいます」

「派手な暮らしをしているのか」

「そうは感じませんが、芝居好きではあるようです」

「ほう」

芝居が絡んできて、調べが一歩進んだと思った。

「贔屓にしている役者がいるのだな」

「そうでしょうね」

書役は詳しいことは知らない。そこで町内で睦次郎が親しくしているという蠟燭屋の隠居の住まいを教えてもらった。

「はい。睦次郎さんは、大の芝居好きです」

「特に贔屓にしているのは」

「先代の市村富右衛門さんでしたが、今は亡くなっています」

初めて聞く名だが、先代中村与左衛門の弟でそれなりの名優だったらしい。

「ならば今は」

「市村屋さんの役者さんたちの後押しをしていると聞きました」

「では段蔵は」

屋号が同じだ。

「刺されて亡くなった方ですね。その方も市村屋さんのお弟子です」

「では睦次郎とは、親しかったのだな」

「そうではないですか」

「睦次郎の住まいに、近頃複数の娘が出入りをしている気配はないか」

「さあ。そういう話は聞きませんが」

「助次という元役者の出入りはどうか」

「名は分かりませんが、元役者という人の出入りはあるようですね」

「そうか」

島田が、勝手に動くとは思えない。睦次郎の指図を受けていると踏んだ。

さらに近所の家でも、話を聞いた。おおむね同じような話だった。

「入間屋さんで、何かあったのですか」

訪ねた小売り酒屋の番頭に訊かれた。入間屋へ酒を納めている店だ。

「気になったことがあるのか」

「何日か前に、睦次郎さんについて、他にも尋ねて来た人がいまして」

「ほう。どのような風体の者か」

「四十歳くらいの、商家のご主人といった身なりでした」

怪しげな者ではなかった。町奉行所の者ではないから、不明になった娘を捜すその親族かと思ったそうな。

どのような手立てで探しているのかは分からないが、入間屋のことは摑んでいる模様だ。

一刻ほど前に、睦次郎と島田が外出をしたというので、帰って来るのを待つことにした。尋ねても正直なことは言わないだろうが、二人の顔だけは見ておきたかった。

四半刻ほど見張っていると、夏羽織を身に着けた商家の主人ふうと用心棒が帰ってきた。通りかかった子守りをする女房に訊くと、それが睦次郎と島田だと分かった。

「今日も、暑いですなあ」

恰幅(かっぷく)のいい睦次郎は、通りかかった近所の者には腰を低くして接したが、眼光は鋭かった。

島田は身ごなしに隙(すき)がなく、なかなかの遣い手だと察せられた。二人はすぐに、建物の中に消えた。

二

忍谷はいつものように、面倒そうなことには手出しをしないで町廻りを済ませた。

「暑い暑い」

やる気のない仕事は、面倒なだけだった。

南小田原町の、段蔵の住まいへ行った。検めておかなくてはならない。この仕事は行きがかり上、関わるしかないと思っていた。

ならばできることは、さっさと済ませる。

段蔵の葬儀は、遺体が戻された翌日には内々で済まされていた。予想通り、住まいはもぬけの殻だった。

近所の者に訊いた。

「葬儀の次の日から、出入りする人の姿を見ませんね」

と告げられた。そこで忍谷は、木挽町へ足を向けた。

今日も芝居興行は行われていた。何事もないような賑わいだ。新之丞は舞台に上がっている。

「助次がどこにいるか、分かるか」

河原崎座の木戸番に尋ねたが、首を振られた。

「昨日今日、顔を見ませんね」

芝居茶屋水さわでも、助次の顔は見ないと告げられた。そこで忍谷は、芝居が終わるのを待って楽屋へ行き、新之丞と会った。

「これは、八丁堀の旦那」

新之丞は忍谷の声掛けに、驚いた様子だった。わずかに怯(ひる)んだ目をしたのを、忍谷は見逃さない。

「助次さんとは、段蔵さんの葬儀の折に会ったきりです」

問いかけには、そう答えた。

「それは嘘だ」

忍谷は、新之丞が言い終わらないうちに確信していた。段蔵が亡くなっても、自分を慕う娘が夜鷹として夜の河岸に立つならば、この男は痛くも痒(かゆ)くもない。耳触りのいい言葉を囁(ささや)いてやれば、それで金子を稼いでくる。

ただそのためには、助次の働きが必要だ。

家を出て来た娘を、帰らせてはいない。まだまだ稼がせるつもりだからだ。

「本当は、こんなことをさせたくないのだ」

娘を案じるふうを装い、今日ももっともらしく伝えたはずだ。お手の物だろう。少しでも心が痛むならば、そのようなまねはさせない。

昨日今日と、娘たちは汐留河岸や八丁堀河岸の道に立っていなかった。他の場所に立っているかもしれないが、こちらの動きを探っているようにも感じた。

娘が稼ぐ金子は一日分でも多く欲しいだろうが、やつらもこちらの動きには気を配っているのかもしれなかった。

忍谷が尋ねたことで、わずかながらも目に怯みを窺わせた。それが何よりの証拠だと思っていた。

こちらが助次を捜しているという報は、新之丞が助次の仲間なら、伝えなくてはと考えるのではないか。またどこかで娘たちを稼がせていたのならば、割り前を得ようとするかもしれなかった。

娘が稼いだ金子を、やつらがどう分けるかは不明だ。

助次や入間屋が絡んでいるならば、全額は手に入らないだろう。それでも、充分な実入りになるに違いない。

そこで忍谷は、新之丞の動きを探ることにした。

「助次に会うのではないか」

忍谷は、芝居小屋から出てくるのを待った。外へ出た新之丞はいったん中村屋の家に戻ったが、薄暗くなった頃に裏木戸から出てきた。

「やはりな」

後をつけた。西本願寺の建物が見える道を通って、行きついた先は、鉄砲洲船松町の瀟洒な家だった。贔屓筋のものだろう。

躊躇う様子もなく、戸を開けた。

凜之助は、新之丞が入った入間屋の出入り口が見える物陰に立って様子を窺った。人が訪ねてくることはあったが、助次はもちろん娘の出入りはなかった。

それらしい動きはない。それでも何かあると考えて様子を見ていた。

夕暮れどきになった。暮れ六つの鐘が鳴って、西空には残照が見えるだけになった。

凜之助は鉄砲洲船松町の通りの物陰に立ち続けたまま、入間屋の出入り口の様子に目をやっていた。

道行く人は、すでに提灯を手にしている。

「おう」

提灯を持たない男が入間屋へ入った。暗くて顔は確かめられなかったが、助次でないのは体つきで分かった。

そして現れたのが忍谷だった。男をつけてきたらしい。

凜之助は、出入り口前に立つ忍谷の腕を引いて、暗がりに引き入れた。

「つけてきたのは何者ですか」

と声をかけた。

「おまえも、ここへやって来たわけだな」

「はい」

「おれがつけてきたのは、中村新之丞だ」

つけるに至った顚末を聞いた。凜之助は、ここが入間屋睦次郎の住まいだと伝えた。

「やはり嚙んでいますね」

「やつら、早晩動くだろう。とくに段蔵に死なれた助次にしてみたら、銭の入る道は他にないわけだからな」

ただこの刻限になっても、島田が外に出る気配はなかった。

「今夜はないのか」

そう考えて、入間屋の住まいの周辺に目をやると、じっと動かない黒い影があるのに気が付いた。差し迫った気配を感じた。

「あれは何者でしょう」

「うむ。入間屋を見張っているように見えるな」

そう言われて、凛之助ははっと思い至った。入間屋を探る者がいるという話を耳にしていた。

「なるほど、不明の娘を捜す縁者が、ここまで辿り着いたわけか」

凛之助から伝えられて、忍谷は応じた。娘を失った縁者ならば、必死で捜していたに違いない。

「よし、近づいて話を聞こう」

娘を捜すという点では、仲間と言っていい。こちらが気付いていないことを、何か知っているかもしれない。

凛之助と忍谷は、物音を立てずに近づいた。

しかし五、六間（約九・一〜十・九メートル）ほどの距離になったところで、通行人に驚かれた。暗がりから現れた侍二人だ。

「わっ」

と声を上げられた。男はそれで、勢いよく走り出した。

追いかけたが、足は速かった。闇に紛れ込まれた。

「姿に、覚えがあるか」

忍谷に問われた。月明りはあったが、顔は見えなかった。

「三益屋善右衛門かもしれませんが、しかとは」

自信がなかった。お民について、分かっていることを伝えた。

「捜していたとしても、おかしくはないぞ」

「我らを、入間屋の者と考えたのでしょうか」

「段蔵を刺していたら、入間屋にも我らにも、関わるのは憚られるだろうな」

その後再度、入間屋を見張った。四半刻ほどで、新之丞が一人で出て来た。

「何かするか」

と後をつけたが、そのまま木挽町の住まいへ戻ってしまった。

三

翌日、凜之助は木挽町の河原崎座へ足を向けた。新之丞は何のために入間屋を訪ねたのか、気になるところだった。

昨日は忍谷が問いかけをしたが、それだけを伝えるためにわざわざ出向いたのかと考えると、首を傾げたくなる。顔見知りになった河原崎座の木戸番に、問いかけをした。

「新之丞には、近頃何か変わったことはないか」

「段蔵さんのおかげで、それなりの台詞がある役が回ってきた。それは大きいでしょう」

「役者にとっては、それが一番なのであろうな」

「もちろんです」

「評判は、どうか」

「どうでしょうねえ。悪い評判はないようですが」

返答に困るといった口調だった。

段蔵が亡くなって、代役として舞台に立った初めの内は、いろいろ騒がれた。しかし今回の段蔵の役は、もともと派手なものではなかった。

数日で、噂をする者もいなくなった。

「芝居の客は、贔屓以外にはあまり気を引かれないということですかね」

木戸番はため息を吐いた。

「今の出し物は、今月限りだな」

「そうです。来月からは、新しいものが始まります」

「新之丞は出るのか」

「端役で出ると思いますよ」

「そうか、端役か」

「今回は代役でしたから、そうなります」

「その次の月は」

「あっしには分かりませんね。与左衛門さんあたりが決めるんでしょうから」

「しかし今回、しくじりなくやれたのなら、それなりの役が付くのではないか」

「本人は、期待をしているでしょう」

ただ思い通りになるとは限らないと付け足した。

「少しでもいい役を得たいと、皆が手ぐすねを引いています」

木戸番では、この程度しか聞けない。

そこで前に会って話を聞いた、市村段五郎に会うことにした。芝居小屋にいたので会うのに手間はかからなかった。

新之丞の役者としての状況について聞く。まずは代役の演技ぶりについて、役者たちはどう見ているかだ。

「そうらしいな」

「今回の代役で、あいつの評判は良くも悪くもありませんでした」

「再来月の役については、主だった役はおおむね決まっています」

段五郎はそれなりの役で出るらしい。

「しかしすべては決まっていません。師匠は迷っているのではないかと思います」

演目や配役は、一門の重鎮の意見を訊いた上で、中村屋師匠の与左衛門が決める。

これは木戸番から聞いた通りだった。

「代役が好評だったら、迷わず新之丞にはよい役をやったわけだな」

「そうです。ただ悪かったわけでもない」

そこが迷うところらしかった。

「他にも、役を狙う者はいるわけだな」

「もちろんです。今月は代役でしたが、再来月は違います」

「役者として、大きくなれるかも知れない好機というわけか」

「そうです。新之丞にしたら、いい役を手に入れたいところでしょう」

「だとしたら、生死を握られているようなものだな」

「中村屋で役者修業をしている者ならば、当然でしょう」

どこか他人事のような口ぶりだった。新之丞は、段五郎よりも格下の役者だ。面白がって見ているのかもしれなかった。

「何とかする手立てがあるのか」

「ないわけではありません」

うまくいくかどうかは別だがと付け足した。

「どうするのか」

「頼むのです」

「与左衛門は、それを聞くのか」

「師匠に直に頼んだら、張り倒されます」

表情を変えずに答えた。

「そうであろうな」

「中村屋を贔屓する旦那衆のどなたかに、推してもらうのです」

昔からの力のある贔屓客に頼まれれば、与左衛門も考えるかもしれないという話だ。どちらかに迷っているならばなおさらだろう。

「しかし新之丞が頭を下げたところで、聞いてくれるのか」

「もちろん、お願いに上がるときには、手ぶらでは参りません」

「そうか。金子だな」

段五郎は頷きもしないが、首を横に振ることもなかった。口元を歪めて嗤(わら)い、

「呼ばれれば、お座敷のお供もします」

と続けた。

「幇間(たいこもち)のようだな」

「まあ、そちらばかりに気持ちが向けば、芸を磨く暇などないかもしれません」

「とどのつまりは金か」

「欲しいでしょう」

段五郎は再び口元に嗤いを浮かべた。新之丞のことが気に入らないのだと、凜之助は思った。

「新之丞は、前にもそういうことをしたのか」

「ないとはいえないようで」

「段蔵もそうか」

「さあ、私には分かりません。ただ役というものは、役者が精進をして摑み取るものでございます」

段五郎の言葉は、腑に落ちた。娘たちが稼いだ金子の行方が、見えた気がした。そして昨日の新之丞の動きのわけも、予想がついた。

贔屓客に頼みごとをするならば、娘たちに稼がせなくてはならない。

「ふざけた話だな」

怒りが湧いた。

南町奉行所へ戻った凜之助は、居合わせた忍谷と会って耳にした話を伝えた。

「段五郎の話が本当ならば、今夜は娘たちが立つぞ」

「汐留川河岸や南八丁堀河岸でしょうか」

「その他かもしれないぞ」

「どこでしょう」

と考えて、気が付いたことがあった。

「入間屋睦次郎が商う四つの船宿を、娘たちは使うでしょうね」

「そうだな。ならば、他には三十間堀あたりか」

忍谷が答えた。日本橋川や浜町堀だと遠そうだ。

四

薄闇が、三十間堀河岸を覆っている。沈みそうでなかなか沈まなかった西空の日が、ようやく沈んでいこうとしていた。川風は、まだ昼間の熱気を含んでいて、涼しいとは感じない。

凜之助と忍谷は、三十間堀河岸の別の場所に立った。それぞれ手札を渡している岡っ引きの手先を一人ずつ連れていた。

まだ娘の姿はなかった。

仕事を終えた職人や振り売りが通り過ぎて行く。田楽（でんがく）で酒を飲ませる屋台店も現れた。

そして暮れ六つの鐘が鳴った。

「そろそろだぞ」

忍谷が抑えた声で言った。しばらくした頃、暗がりに人が立ったのが分かった。男ではなさそうだ。

「行きましょうか」

手先が言った。娘の夜鷹を差配する者を捕らえると告げていた。

若い手先は意気込んでいる。己の身に危険が迫ったら、無理をしてはならぬと告げていた。

それとなく近寄ったが、だいぶ薹の立った女だった。

さらにしばらく待つと、女が三人現れた。はっきりしないが、体つきからして若い女らしかった。離れたところに立った。

見ていると、提灯を手にした男が通りかかった。女は男に声をかけた。二言三言話した後で、男は立ち去った。

提灯の明かりで、女が若い娘だとはっきりした。

「よし。行ってみろ」

凜之助は手先に指図した。

「へい」

手先は提灯に火をつけてから近寄る。女や現れた者の顔を確認するためだ。手先は淡い明りを手に、闇の河岸道を娘の方へ歩いて行く。

遊ぶのではない。娘に絡めと伝えたのだ。娘を傷つけるためではなく、助次や島田を誘き出すためだ。

現れたところで、両方を捕らえる。これは忍谷と打ち合わせていたことだった。

手先が娘の傍へゆくと、向こうから声をかけてきた。手先が応じた。

「おめえ、おれと遊びてえのか」

「ちゃんとお足が払えるならね」

凛之助は、耳を澄ませた。

「いくらだ」

「銀十五匁だよ。ほかに半刻使う宿代を払ってもらう」

「えっ。銀十五匁と宿代だと」

「気前のいいお兄さんなら、出してくれるよ」

娘は若いが、口ぶりからしてやり取りに慣れているような気がした。すでに長くやっているのか。

「銀十匁だって高けえぜ」

「いくらならば、いいんだい」

「五十文だな」

「あっちへお行きよ」

娘は暗がりの中へ離れて行った。躊躇う気配はない。

「おう、待ちねえ。ここまで話して、それはねえだろう」

「………」

「銭は払うんだ」

手先は娘の肩を、ぐいとつかんだ。乱暴な扱いだった。

凜之助は、闇の周囲に目をやった。娘とおぼしい女は、数間ほどのところに二人立っていた。他には人影は窺えなかった。

「やめておくれよ」

甲高い、怒りの声だ。

「うるせえ。夜鷹ふぜいがいっぱしの口を利くな」

押し倒した。提灯はすでに地べたに置いている。

「な、何をするんだよ」

娘は声を荒げた。とはいえ怯えてはいない。

凜之助はこのとき、他の二人の娘に目をやった。逃げ出すかと思ったが、それはなかった。その様に目をやっている。

凜之助は、そのまま見詰めた。

手先は娘の体を押さえつけ、着物の裾をまくり上げた。娘は体をばたつかせるが、どうにもならない。

そのときだ。闇の中から男が姿を現した。

「おめえ、ずいぶんなことをするじゃねえか」

遊び人ふうだ。下に置かれた提灯だけでも、その顔が誰か分かった。助次だった。

手先の肩に手をかけていた。

それを払った手先は、体を起こして身構えた。争う姿勢を示した。

すると助次は、懐から匕首を抜いた。

「消えろ」

「ふん。刃物で脅すのか」

手先は怯まない。来るなら来いといった態度だった。

「くたばれ」

助次は素手の相手に匕首を突き出した。

手先は躱したが、助次の動きは素早かった。ここで凜之助は前に出た。刀を抜いて助次の匕首を撥ね飛ばした。

一瞬のことだった。

助次と娘を捕らえようとしたところで、浪人者が現れた。

「その方、島田伊左衛門だな」

抜いたままの切っ先を、凜之助は相手に向けた。相手は答えずに、腰の刀を抜いた。容赦はしない。若い娘たちの思いを食い物にした者の一人だ。

刀身と刀身がぶつかって、火花が散った。

どちらも引かない。鎬(しのぎ)と鎬が擦れ合った。

凜之助は刀身を押しながら、相手の脇に回り込んだ。なかなかに膂力(りょりょく)がある。押し返してくる力をそのままにして、横に身を飛ばした。

相手の体が、前のめりになった。

その小手に、凜之助は打ち掛かった。当てたかと思ったが、こちらの切っ先は何も触れることはないままに宙を舞った。

相手の切っ先が、迫ってきた。こちらの首筋を狙っている。無駄のない動きだった。

逃げたはずの相手が、一瞬のうちに攻めに転じていた。迷っている暇はない、凜之助はその刀身を撥ね上げた。

間一髪で凌いだ。しかしそれで終わりではない。目の前には、攻めてきた相手の右腕がある。

逃がすつもりはなかった。

「たあっ」

小手を目がけて、そのまま刀身を振り下ろした。

けれども相手は、その動きを察していたらしかった。つっと腕と刀身が動いた。こちらの刀身は、またしても空を斬った。

見事な瞬発力だ。

切っ先は止まることなく、こちらの首筋を狙ってきた。最短の距離で動いている。慌てて払った。

肩と肩がぶつかった。それで二つの体が交差した。

改めて刀身を構えて、向かい合った。

堂々とした構えだが、流派は分からない。ただ浪人として諸国流浪の旅をし、修羅場を潜って身に着けた喧嘩剣法だというのは分かった。

相手の爪先が、じりりと前に出て来た。

凜之助はそれが目に入った瞬間には、前に飛び出していた。刀身を、相手の喉首目指して突き出している。

相手はそれを、承知していたように撥ね上げた。しかしこれは、織り込み済みだ。ただ撥ね上げたときの、肘の動きを見ていた。

微かなぶれがあった。盤石のように見えたが、受けに移るにあたっての体勢に無理があったらしかった。

ぎこちない動きになっている。

凜之助はそれを隙と見て、さらに二の腕を打つ動きに出た。相手はその一撃も払ったが、やっとのことだと分かった。

刀身の動きを止めないまま、凜之助は斜め上から肩先に一撃を放った。相手は避け切れない。

切っ先に骨を砕く気配が伝わってきた。

「ううっ」

相手の刀が、中空に飛んだ。体が強張って、動きが止まった。止めを刺すことはできたが、それはしなかった。

問い質さなくてはならないことがある。相手の体が、前のめりに倒れた。

凜之助は、周囲に目をやるゆとりができた。

伴ってきた手先は房のない十手を手にして、助次と対峙していたが、そこへもう一人の男が現れた。

匕首の切っ先を、手先に向けていた。顔には布を巻いている。手先はそちらに十手の先を向けた。

助次はこの隙に、娘たちを連れ去ろうとしていた。逃がしては意味がない。

だがここで忍谷とその手先が、姿を現した。逃げ場を塞いでいる。これで助次らは、逃げ場を失った。

凜之助は、手先に対峙する男に立ち向かおうとしたが、ここで声が上がった。

「てめえら、刀を捨てろ。そうでないとこいつの命はねえぞ」

助次が叫んだ。娘の一人を羽交い絞めにしている。匕首の切っ先を、その首筋に当てていた。

「ううむ」

こうなると、身動きできない。捕り方の動きが止まった。

凜之助と忍谷が刀を地べたに置こうとしたとき、闇の中から黒い影が飛び出してきた。

「お民」

と叫んでいる。匕首が両手で握られていた。そのまま突き込まれた。

助次が切っ先を向けていることなど気にしていない。己も刺されるつもりだと察せられた。

「うわっ」

その匕首が、助次の腹に突き刺さった。捨て身の攻撃だ。そして向けていた助次の匕首は、突き込んできた男の腹に突き込まれていた。

二つの体が、地べたに倒れた。

「ああっ」

目の当たりにした手先の一人が、声を上げた。瞬く間のことだ。ほぼ同時に、忍谷が顔に布を巻いた男の二の腕を斬っていた。

呆然としてはいられない。

凜之助は刀の峰で助次の肩を打ち、鎖骨を砕いた。それから手先に命じて、この場にいた三人の娘の身柄を確保していた。

そして凜之助は、闇から現れた男に駆け寄った。

「しっかりしろ」

提灯で顔を照らした。予想した通り、男は三益屋善右衛門だった。助次と善右衛門は、共にすでに虫の息だった。勢いをつけてぶつかった。刃物はどちらの体にも深く刺さっていた。

善右衛門は、何か言おうとしている。耳を近づけると、娘の名だった。

「おとっつあん」

お民と呼ばれた娘が、倒れた善右衛門の前で体を震わせている。

忍谷が二の腕を斬った男は、新之丞だった。

五

「闇の河岸に立っていた娘は、これだけではないな」

忍谷が、他の娘に訊いた。怯えた顔の娘は小さく頷いた。

「どこにいる」

何か言おうとするが、声にならない。もう一人の、先ほど手先とやり合った娘が言った。

「入間屋の家の近く。あと三人」

近くのしもた屋だそうな。入間屋が、借金の形に取り上げた家らしい。

「よし連れて行け」

凜之助は、手先たちに戸板を用意させた。重傷の助次と善右衛門を、木挽町の自身番へ運ぶように命じた。

医者を呼んで手当てを行う。急がなくてはならない。

凜之助と忍谷は、お民を除く二人の娘を道案内にして、鉄砲洲船松町のしもた屋へ向かった。後の三人は、ときをずらして、三十間堀河岸に立つことになっているとか。

「そこには、睦次郎がいるのか」

「見張りの子分も、二人いると思います」

しもた屋は、五、六十坪ほどの敷地の中にあり、明かりが灯っていた。

凜之助が木戸門を押した。娘二人は外に待たせて、中に入った忍谷が戸を叩いた。

その間に、凜之助は庭へ回った。逃がさない算段だ。

真夏なのに雨戸を閉めている。娘たちを逃がさない手立てだろう。

「何だ」

若い男の声がした。

「娘たちを、押込めているな」

忍谷が言った。このときには、腰の十手を抜いているはずだった。ばたばたと、乱れた足音が響いた。

「八丁堀だぞ」

男が叫んだ。

このときだ。奥の部屋の雨戸を突き破って、恰幅のいい男が飛び出してきた。長脇差を手にしている。

凜之助はその前に立ち塞がって、声をかけた。

「入間屋睦次郎だな。娘を騙し監禁し、春を鬻がせた。不届き千万ゆえひっ捕らえる」

「しゃらくせえ」

睦次郎は、長脇差を抜いた。

縁側から、一気に突きかかってきた。凜之助はその刀身を、十手で払い上げた。勢いのある一撃だったが、力が入り過ぎていた。地べたに降り立った時には、体をぐらつかせていた。

凜之助はその右の小手を打とうとしたが、睦次郎も必死だったのだろう。小手を狙う十手を躱すことができた。

けれども凜之助は攻撃の手を緩めない。さらに一歩前に出て、体勢を整えようとする睦次郎の肘を突いた。

「うわっ」

骨が砕けた手応えが、十手の柄を握る手掌に伝わってきた。

長脇差を落とした睦次郎は、腕の痛みに顔を歪めている。それにかまわず、用意してきた縄をかけた。忍谷も、二人の子分を捕らえていた。

娘三人は怪我もない状態で、身柄を確保した。

睦次郎と二人の子分、それに新之丞は南茅場町の大番屋へ移した。お民を含めた娘たちも同道させ、尋問の前に話を聞いた。

お民は激しく泣きじゃくっていて話を聞ける状態ではなかったが、他の娘たちからは話を聞くことができた。

「その方らは、誰のために夜鷹の真似事をしたのか」

凜之助が問いかけて行く。

「段蔵さんのためだった」

「あたしは新之丞さん」

「でも、段蔵さんが刺されて、あの人たち変わった」

「無理やり夜鷹の真似をさせられたわけだな」

「そ、そうです」

「すごく怖くなった。帰りたくても、帰れなくなった」

監禁された、ということを言っていた。

「家を出たのは、自分からです。好きな役者さんを、盛り立てたかったから」

「いい役を得られたら、それはあたしが力を貸したからだって思う」

「段蔵や新之丞が、そう言ったわけだな」

「はい」

娘たちは俯いた。段蔵や新之丞は、言葉巧みに娘たちをかどわかし利用したことになる。

「助次は指図をし、島田は見張りをしたわけだな」

「そうです」

「稼いだ金子は、すべてだな」

「段蔵さんが亡くなるまでは、あたしたちの気持ちで渡していたんです。喜んでくれたし。でも」

娘たちの目からは、涙が溢れた。

次に、操った者たちに当たる。まずは新之丞から尋問を行った。

「その方は娘を誑かし、夜鷹の真似をさせて金子を稼がせた。受け取った金子は、己が役を得るために使った。相違ないな」

忍谷が問い質した。

「いえ。娘たちが、私のために進んでしてくれたことでして」

「都合の良いことを申すな」

「まことでございます。娘たちは、私や段蔵を盛り立てようと」

「それは、その方らが仕向けたからだ」

「とんでもない。娘たちは、己の気持ちで家を出たのです。そこまではするなと止めたのですが」

いかにも善人が困惑している、といった顔つき口ぶりだった。さすがに役者だ。

「段蔵が亡き後は外には出さず、見張っていたではないか」

「それは、入間屋さんがしたことです。私は知らぬ話で」

これは入間屋の関与を認めたことになる。

「ならばなぜ、我らに匕首を向けてきたのだ」

　忍谷がこれを告げると、新之丞は言葉を返せなくなった。顔が強張ったのは、演技ではなさそうだった。

「からくりを、話してみよ」

　新之丞はしばらく間を空けてから、覚悟を決めたように口を開いた。

「助次が、寄って来る娘を使ってひと稼ぎしようと、話を持ち込んできました」

　素人の娘では、榛沢屋のお多代のように高額の金子は得られない。

「夜鷹の真似事をさせることで、手っ取り早く稼ごうとしたわけだな」

「段蔵さんも私も、金子が欲しかった」

「不仲でも、そのために手を組んだのか」

「まあ」

　俯いた。

「入間屋さんを引き入れたのは、段蔵さんと助次です」

「用心棒代わりか」

「家を出て来た娘たちを、食わせ住まわせなくてはなりません。稼ぎの二割を取り上げ、さらに飯代や宿泊の代を取りました」

　船宿の休憩料も取った。入間屋は、馬鹿にならない実入りになった。

「私や段蔵さんが手にしたのは、娘たちが稼いだ半分ほどです。それでもあれば、助かりました」

段蔵が刺されたのには驚いたらしい。入間屋のところにいたのは六人だが、家にいて段蔵のために夜鷹の真似事をしている娘は、他にもいた。娘の数は、新之丞よりも段蔵の方がはるかに多かった。

「段蔵の方が、危ない橋を渡っていたということか」

「私は、お贔屓さんに、不義密通をはたらかせるようなまねはいたしません」

「ふん」

何を言っても、贔屓してくる娘客を、食い物にしたことには変わりない。

次は捕らえた睦次郎の子分二人に問いかけた。子分たちは、命じられて娘たちを監視していたことを認めた。睦次郎も初めは関与を否定したが、娘たちがいるしもた屋にいて、捕り方に歯向かった。

新之丞の証言もあったので、共にことを謀(はか)ったのは明白だった。

捕り方に対して、助次は娘を人質に取って刀を捨てさせようとした。これは場合によっては殺そうという意思を持っていたことになり、その罪は大きい。睦次郎はその仲間であると見做(みな)されることになる。

一通りの尋問を済ませて、凜之助は忍谷と共に木挽町の自身番へ行った。

すでに深夜になっていたが、建物には明かりが灯っていた。助次と善右衛門が危篤状態なのは変わらなかった。

しんとしていて、蚊遣りのにおいがあたりに漂っていた。手当は施されたが、快復は厳しいだろうというのが医者の診立てだった。

知らせを受けた善右衛門の女房おたきも姿を見せていて、お民と共に母娘で枕元に座っていた。

「うちの人は、お民を探すのだと言って、出かけていました」

おたきが話した。

それは予想がついていた。入間屋まで辿り着いている。助次の動きを探っている中で、気づいたに違いなかった。

「では今夜は」

「三十間堀へ行きました。汐留川河岸や南八丁堀河岸には出なくなったので、そちらではないかと見当をつけたんです」

「奪い返したかったのだな」

「段蔵が亡くなっても、お民は帰ってこない。捕らえられているからだって」

「それで、おれたちの争いに気づいたのだな」

その顚末については、すでに手先らから聞いているらしかった。お民は善右衛門を見詰めて体を硬くしている。

凜之助は、滂沱たる涙が、頰を濡らしていた。父親は命懸けで、娘を守ったのである。

凜之助は、入間屋やお多代や新之丞を捕らえ、罪状について白状させたことを伝えた。ただそれで、段蔵とお多代を刺した者が何者か、はっきりしたわけではなかった。ただ
凜之助がそのことに触れようとしたとき、善右衛門の体が震えて顔を歪めた。

「おとっつあん」

お民が声をかけた。すると薄っすらと目を開けた。

「ああ」

掠れるような微かな声で返した。

「ご、ごめんなさい」

「ぶ、無事で、何より」

安堵の表情を見せた。そして息絶えた。お民の嗚咽が、室内に響いた。

泣きたいだけ泣かせる。しばらくして、凜之助はおたきに問いかけた。

「善右衛門は、段蔵を恨んでいたであろうな」

「は、はい。あいつさえいなくなれば、お民が帰って来るって、話していました」

おたきは洟を啜った。涙が頬を濡らしている。

「それで、池之端で襲ったわけだな」

凜之助は思い切って言ってみた。

「はい。芝居小屋から出るのを、つけたんです」

戸惑う様子もなく、おたきは答えた。隠す気持ちは、ないらしい。

「やはりな」

予想した通りの展開だった。ならばお多代を刺したのは、羽左衛門だと考えざるを得なかった。

「でも」

おたきはここで、言い淀んだ。

「どうした」

「段蔵と女が料理茶屋から出て来て、別れたときに、あの人は向かって行ったんです」

「女は、そこにはいなかったわけだな」

「ところが、その女は何かの用で、戻って来たらしいのです」

「ほう。すると現場を、見られたわけか」

「そうです。うちの人はそれで頭に血が上って、気づいたときには、刺してしまったと言っていました」

「なるほど」

これは仰天だった。だとすれば、羽左衛門は何もしていないことになる。凜之助は、忍谷と顔を見合わせた。

「うちの人は、ずっとそれを気にしていました」

女には、殺したいほどの恨みはなかった。正気に戻れば、したことの重さは理解できただろう。

「お民が無事に戻って来たら、償いをしたいと言っていました」

「そうか」

善右衛門のその気持ちが分かるから、おたきはそれを口にしたのだと察した。

「無実の罪を、着せずに済んだ。それが、何よりの償いではないか」

凜之助はおたきに告げた。

助次は、翌朝に亡くなったと知らされた。

六

翌朝凜之助は、町廻りの前に榛沢屋へ足を向けた。店は喪に服していて、商いをしてはいなかった。

凜之助は羽左衛門と向き合って、二人だけで昨夜の出来事について詳細を伝えた。段蔵と新之丞が、娘たちに夜鷹の真似事をさせていたことも含めてだ。

「よくお調べくださいました」

聞いた羽左衛門は、深く頭を下げた。調べがどうなっているかは、気になっていたに違いない。

「ではお多代を刺したのは、善右衛門という方で」

「いかにも。おれはその方が怪しいと見ていたのだが」

「それは、感じておりました。そう思うのが普通でございましょう」

ただもし捕らえられたら、あったままを話すつもりだったと付け足した。

「あったままとは」

「実はあの日、私も池之端の料理茶屋の見えるところで、二人が出てくるのを待っておりました。懐に匕首を入れて」

「うむ」

「お多代が一人になったら、刺すつもりでした」

ここまでは、予想通りだ。驚きはなかった。

「ですが男が現れて、段蔵を刺しました」

「それが善右衛門だな」

「お多代は何か言い漏らしたことでもあったのか、戻って刺されました」

男は慌てたように逃げた。

「その方には、気づかなかったわけか」

「はい。私はお多代の傍に、駆け寄りました。そこで顔を見合わせたのです」

「目が合ったわけか」

「私を裏切り続けた女でしたが、美しい顔でした」

「そうか、お多代が死ぬ間際にそなたの名を口にしたのは、それがあったからだな」

「おそらくそうだと存じます。とはいえどのような思いがあったかは、知るよしもありませんが」

「ならばお多代は、刺した相手がその方ではないと分かっていた」

「そうなると存じます」

「何であれ、善右衛門がいなければ、その方が刺していたわけだな」

「そうなります」

それから羽左衛門は居住まいを正して、凜之助に向かって頭を下げた。そして言葉を続けた。

「このことについては、問われる前にお話をすべきでした」

「もちろんだが」

「できませんでした。やっていなくても、刺そうと思ってあの場へ行ったことは間違いありません」

「ううむ」

「お多代は不義密通をなした者でございます。ですが武家でもない私が刺そうとしたとなると、商いに響きます。あの場には、いなかったことにしたのです」

もともと倉庫で品を検めると、店の者には伝えていた。

「相分かった。ならばそれで済ませよう。おれしか知らぬことだ」

「えっ」

「沙汰なしということだ」

羽左衛門は驚きの顔をしたが、凜之助の気持ちを受け取ったらしかった。覚悟の上で、凜之助にすべてを話していた。

そこで少し考える様子を見せてから、羽左衛門は言った。

「善右衛門さんの舂米屋はどうなりましょう」

「それだが、娘を守ろうとした心情は分からぬわけではない。加えて当主は、すでにいない。娘のお民は、騙された側となる」

「では、大きなお咎めにはならぬと」

「おたきとお民には、何もない。ただ三益屋は、一月ほどの戸閉（とじめ）となるのではないか」

昨夜、この件については松之助と話をした。商いは再開できるだろう。年番方与力も、同じような見方をしていた。

「ならばよろしゅうございます。不思議なご縁でございます。三益屋さんについては、後ろ盾にならせていただきます」

「そうか。それは何よりだ」

さらに羽左衛門は、言葉を続けた。

「お由に、婿を取らせたいと考えています」

「跡を継がせるわけか」

「はい。婿を仕込んで、一人前になったときには、榛沢屋の主人にいたします」

お由は、自身が知っているかどうかは分からないが、羽左衛門の子ではなかった。お多代と役者片岡團之助との間にできた子だ。羽左衛門には、おくらという女子がいる。その間には、実子ではないが宇吉という六歳の倅がいるはずだった。

「隠居をするのか」

まだその歳ではないだろう。何であれ、おくらと宇吉を榛沢屋へ入れるつもりはないらしかった。

榛沢屋は、先代の血を引く者に継がせる腹だ。

「私は榛沢屋から暖簾分けをして、分家となります」

「脇から、本家を支えるわけか」

「はい。榛沢屋を守れと、先代から告げられました」

その言葉は、羽左衛門にとっては絶対だった。

「なるほど。けなげだな」

「いえ、とんでもない。私は主家の娘を刺そうとした者でございます。罪滅ぼしでございますよ」

神妙な面持ちだった。

「分かった。それ以上は、申さずともよい」

それで凜之助は、榛沢屋を出た。

凜之助は、町廻りを済ませた後、八丁堀の網原家へ行った。三雪と会って、一件が解決したことを伝えた。とはいえ、羽左衛門が犯行の場にいたことには触れない。

「お民殿は、辛いでしょうね」

そこが気になるらしかった。段蔵に騙されたことで、父親を死なせてしまった。死ぬまで後悔をするだろう。

「それはそうだがな、守られた命だ。粗末にはいたすまい」

唯一それが、お民にできる償いだ。

「そうですね。しっかりと生きてゆくことが、お父上の思いに報いることになりますね」

「うむ。女子であっても、商いに精を出せばよい」

羽左衛門が、後ろ盾になると言った。

「まったくですね」

凜之助はそれから、日比谷町の質屋三河屋にも足を向けた。今日は裁縫の稽古がある日だが、すでにお麓は戻ってきているはずの刻限だった。お麓にも力を貸してもらったので、顚末を伝えておかなくてはならない。

「それは何よりでございました。ご尽力の賜物ですね」

労ってくれた。それから言葉を続けた。

「お師匠さまですが、今日はずいぶんとご気分も晴れたご様子で、ほっとしました」

「ほう」

今日の稽古で、お麓が感じたことらしい。

「何があったのか」

松之助のことで、気に病んでいたはずだった。この日凜之助は、いつもよりも早めに、八丁堀の屋敷に帰ることができた。

木戸門を入ったところで、凜之助は朋から腕を引かれた。

「今日の正午前に、花見鳥へ行って、お初というおかみと会ってきた」

「さようで」

じっとしていられなくなったのだろう。動くとなったら、躊躇わず事を進める。朋らしいと思った。

「お初と話したが、気のいい女子です。松之助とは、何でもない」

「なるほど」

朋の見立てならば、確かだろう。

「文ゑには、案ずることはないと伝えておいた」

「さようで」

文ゑが元に戻ったことに、お麓は気づいたのだ。

「それは重畳（ちょうじょう）」

文ゑは松之助の袂に白粉がついていたと気にしていたが、何かのはずみについただけだったのかもしれない。

凜之助は屋敷に入ると、松之助に挨拶をした。相変わらず、鳥籠造りに精を出していた。

事件の結末については、今朝のうちに大まかなところは報告をしていた。今日は、羽左衛門と会って交わした内容について伝えた。

「そうか。羽左衛門は、お多代を刺そうとしたこと、目にした場面を話さないでいた己を、責めていたわけだな」

「そのようで」

「新之丞と入間屋睦次郎は、人を殺めたわけではない。しかしなしたことは重い」

「さようで。遠島あたりでございましょうか」

「そんなところだろう」

話をしているところへ、文ゑが姿を見せた。盆に銚子と猪口が二つ、それに煮しめの皿が載っていた。

「今宵はお出かけにならず、二人でお飲みなさいませ」

さらりと言った。笑顔を浮かべているわけではないが、機嫌がよいのは確かだった。いつもとは、まったく違う待遇だ。

「そうだな」

松之助は魂消た様子だったが、問いかけをしたわけではなかった。ここしばらく、様子がおかしかった。それが戻ったのは、気づいているはずだった。

「いただきましょう」

凜之助は、喜んで盆を受け取った。久しぶりに、楽しく飲めそうだ。松之助は、事情が分からないのかもしれない。戸惑っている様子だった。

この作品は「文春文庫」のために書き下ろされたものです。

DTP制作　エヴリ・シンク

文春文庫

朝比奈凜之助捕物暦（あさひなりんのすけとりものごよみ）
美しい女房（うつくしいにょうぼう）

定価はカバーに表示してあります

2024年5月10日　第1刷

著　者　千野隆司（ちのたかし）
発行者　大沼貴之
発行所　株式会社 文藝春秋

東京都千代田区紀尾井町3-23　〒102-8008
TEL 03・3265・1211㈹
文藝春秋ホームページ　http://www.bunshun.co.jp

落丁、乱丁本は、お手数ですが小社製作部宛お送り下さい。送料小社負担でお取替致します。

印刷製本・TOPPAN

Printed in Japan
ISBN978-4-16-792214-6

文春文庫　書きおろし歴史・時代小説

（　）内は解説者。品切の節はご容赦下さい。

稲葉　稔
武士の流儀（一）
元は風烈廻りの与力の清兵衛は、倅に家督を譲っての若隠居生活。平穏が一番の毎日だが、若い侍が斬りつけられる現場に居合わせたことで、遺された友の手助けをすることになり……。
い-91-12

稲葉　稔
武士の流儀（二）
清兵衛がある日見かけたのは、若い頃に悪所で行き合った因縁の男・吾市だった。吾市の悪評に胸騒ぎを覚える清兵衛。やがて、織物屋のご隠居が怪我を負わされたと耳にして……。
い-91-13

上田秀人
奏者番陰記録
遠謀
奏者番に取り立てられた水野備後守はさらなる出世を目指し、松平伊豆守に服従する。そんな折、由井正雪の乱が起こり、備後守はその裏にある驚くべき陰謀に巻き込まれていく。
う-34-1

風野真知雄
耳袋秘帖
南町奉行と大凶寺
深川にある題経寺は正月におみくじを引いたら大凶ばかり、檀家は落ち目になり、墓をつくれば死人が化けて出る。近所の商人から相談された根岸も、さほどの事とは思わなかったのだが。
か-46-43

坂岡　真
火盗改しノ字組（四）
不倶戴天の敵
伊刈運四郎は、凄惨な押し込みを働く「六道の左銀次」を追う最中、女郎や大奥女中の不可解な失踪を知る。これも左銀次の仕業か？　「しノ字組」に最悪の危機が迫るシリーズ第四巻。
さ-71-4

千野隆司
出世商人（一）
急逝した父が遺したのは、借財まみれの小さな艾屋だった。跡を継ぎ、再建を志した文吉だったが、そこには商人としての大きな壁が待ち受けていた!?　書き下ろし新シリーズ第一弾。
ち-10-1

（　）内は解説者。品切の節はご容赦下さい。

千野隆司
出世商人（二）
借財を遺し急逝した父の店を守る為、新薬の販売に奔走する文吉。しかし、その薬の効能の良さを知る商売敵から、悪辣な妨害が……。文吉は立派な商人になれるのか。シリーズ第二弾。
ち-10-2

千野隆司
朝比奈凜之助捕物暦
南町奉行所定町廻り同心・朝比奈凜之助。剣の腕は立つが、どこか頼りない若者に与えられた殺しの探索。幼い子を残し賊に殺された男の無念を晴らせ！　新シリーズ、第一弾。
ち-10-6

藤井邦夫
恋女房　新・秋山久蔵御用控（一）
〝剃刀〟の異名を持つ南町奉行所吟味方与力・秋山久蔵が帰ってきた！　嫡男・大助が成長し、新たな手下も加わってスケールアップした、人気シリーズの第二幕が堂々スタート！
ふ-30-36

藤井邦夫
騙り屋（かたりや）　新・秋山久蔵御用控（二）
可愛がっている孫に泣きつかれた呉服屋の隠居が金を用立ててやると、実はそれは騙りだった。どうやら年寄り相手に騙りを働く一味がいるらしい。久蔵たちは悪党どもを追い詰める！
ふ-30-37

藤原緋沙子
切り絵図屋清七
ふたり静
絵双紙本屋の「紀の字屋」を主人から譲られた浪人・清七郎は、人助けのために江戸の絵地図を刊行しようと思い立つ。人情味あふれる時代小説書下ろし新シリーズ誕生！　（縄田一男）
ふ-31-1

藤原緋沙子
岡っ引黒駒吉蔵（くろこまのきちぞう）
甲州出身、馬を自在に操る吉蔵が、江戸で岡っ引になり大活躍。ある日町を暴走する馬に飛び乗り、惨事を防ぐ。怪我人がいないか調べるうち、板前の仙太郎と出会うが……。新シリーズ！
ふ-31-7